もしもし下北沢

喂！喂！下北澤

吉本芭娜娜

張秋明譯

我最喜歡的已故電影導演市川準①，曾拍過一部名叫《擾嚷下北澤》的片子。

那是我還住在老家時，為了培養搬到下北澤的勇氣，好幾次深夜獨自一人觀賞的電影。為了讓決心更加堅定，我希望身體浸潤更多下北澤的味道。

電影中，有一段鋼琴家富士子海明女士②訴說下北澤的畫面。影像是富士子

① 市川準（1948-2008），廣告、電影導演。代表作有《東京兄妹》、《東尼瀧谷》等。

② 富士子海明（Fujiko Hemming，1932-），日本知名鋼琴家。父親為俄裔瑞典人，母親是日本鋼琴家。十六歲失聰，經治療已恢復若干聽力。

女士走在車站前的市場，搭配上她自己配音的旁白。

「我總覺得不經思考、任憑雜然擴展的城市風貌就像小鳥啄食花朵、貓咪以靈活的動作從高處跳下來一樣，有時候看起也很美。雖然雜亂汙穢，其實是人類無意識的美。

每當開始想做什麼事的時候，一開始都是混濁的。

但不久之後會變成清流，在自然的運轉之中靜靜地營生。」

第一次看到這個段落時，心中深有同感，同時淚水也奪眶而出。之後又看了幾遍，記下這段話，為自己儲備勇氣。

心想：原來看到自己隱然存在的想法，被人如此明確地用言語說出後，感覺竟是如此舒坦。

一件又一件降臨在富士子女士人生中的那些分量驚人的遭遇……因為有過那些遭遇，才能經由美麗的文字賦予影像強烈的意義，進而能撼動人心、激勵人心，並找到自己的立足點。

我也很強烈希望能在其他方面做到那樣的事。我想要對其他人施展如此絕妙的魔法。

夜深人靜時，如果能有一個可獨自浸淫於沉思與長嘆的空間，我想我應該就能支撐下去吧。

失去父親之後，我心情的落寞雖然不是十分激烈，痛苦卻像是腹部遭到重重一擊般逐漸地蔓延開來。一旦有所意識時，痛楚已根深柢固，幾乎每一次抬頭就要重複一次。

感覺自己變得滿嘴歪理，整個人也縮小一圈，身體變得很僵硬。而且為了保護自己更加耽溺於心事之中。

那些花呀、光呀、希望和狂歡作樂等事情，都在不知不覺間和自己漸行漸遠，彷彿陷入了腥臭陰沉的黑暗深淵。在那種地方，只有潛藏在肚子裡的勇猛力量才具意義，美麗輕盈的東西完全沒有存在的價值。

在黑暗中我不停地動著、呼吸，盡可能盯住能看見的東西。

於是，我終於看到了光。

但那不是光。

黑暗依然存在眼前，散發著生猛的腥臭味。

逐漸適應後我才開始能夠理解那種振動幅度的美，也才真正明白富士子女士所說那些話的深層意義。

我搬到下北澤居住的時間大約是在父親瞞著我和母親，被迫跟一名女性遠親，在茨城樹林中殉情大約一年之後。

那名女性因為有事找父親商量，兩人逐漸發展成親密的關係。有一天對方邀父親見面，故意在酒中摻了安眠藥，然後開車將昏迷的父親載往村落旁人煙稀少的樹林中，並點燃她帶來的蜂窩碳，讓父親因一氧化碳中毒身亡。當然該名女性也死了。她將車身整個封死，完全沒有他殺的嫌疑。

簡單說來，這件事對我父親而言固然有著殉情的味道，但其實他是被「謀殺」的。

關於這一點，我和母親不知道被迫看到、聽到多少真實畫面和具體判斷，在此我就不再詳述了。

因為有太多令人難以承受的衝擊，至今仍然無法整理好心情。那段時期的記憶也都是斷斷續續的。也許這一生我都不可能去一一回顧那一切。如果說人生會累積許多難以釐清的問題，那件事難以釐清的程度肯定有一整個人生的沉重與深刻吧。

近來父親老是有外宿一晚的表演活動，經常早晨才回家，該不會是外面有女人吧？不過老爸應該沒有拋妻別子的勇氣才對！萬一真有那種事，媽會怎麼辦？只能裝作沒事地繼續生活吧，我沒認真想過這種問題。反正只要耐心等待，總是會回家的吧。曾經不以為意地聊著這個話題的我和母親，突然接到來自警方的惡耗，除了震驚還是震驚。

剛開始的時候，我們又哭又叫，吵過鬧過。總之該有的反應，我和母親一起發作過，也各自發洩過，同時也成為彼此的支柱。

畢竟身處音樂圈的父親稍微偷個腥也很正常，我們甚至還顧慮到「太過緊迫盯人的監視只會破壞家庭的和諧」。如今卻很自責當初不該每天放任父親的自由，我們彷彿已經絕望到了某種程度。

除了表演活動外，即便快到天亮才能回家也絕對不肯外宿，一直是父親堅守的原則。不管是什麼芝麻綠豆大的瑣事，一旦他答應了我和母親，就會寫在記事本裡或手上，說到一定做到。如今回想起父親的手，腦海中就會浮現他手背上寫著約定事項的畫面。

從「買鮮奶回家」到「下個禮拜全家一起去吃煎餃」，基本上都遵守約定的父親，在搖身變成樂團樂手之前，他真的是一個好父親，所以我們母女倆才會那麼毫無戒心。

因此當父親以那種方式死去，以至於葬禮舉辦完後，我們仍然深陷於震驚之中。花了很長的時間，才能接受父親已經不在人世的事實。

因為對方也死了，無法與其理論。就在一堆問號難以釐清、各種心情找不到目標可發洩的情況下，整件事情完全結束了。我們既沒有想過要找跟她多少有血緣關係的親人要求金錢賠償，也不想見到那些人。

事實上她一出生後就被送走當養女，死前的她早因為知道自己的身世而離家出走多年，所以幾乎等同沒有親人。這也是迫不得已聽到的消息，說實話我們母女倆一點也不想知道這種事情，自然也沒有採取任何行動。

雖然沒有仔細看過那個人的遺體，但從照片中看到生前的她，卻是一個美得像是白狐或白蛇的女人，這一點讓我大受衝擊。會讓我想到原來父親就是被這種美色給騙走了。當然母親受到的衝擊想必更大吧！

所謂的日常生活，在那種情況下仍必須持續下去，也能若無其事地持續下去。不可思議的是，走在路上的我看起來跟其他人幾乎沒什麼兩樣。儘管內心如此支離破碎，但映照在櫥窗玻璃上的我還是那個平常的我。

父親離世大約經過一年左右，惦量著母親看起來心情多少已能平復，我便決定也要開始自己的人生。

我短大一畢業就進入專門學校學做菜，好不容易畢業了，便到朋友的店裡幫忙，一邊開始找工作。結果因為出了那件事而全部停擺。在那種情況下哪有心情參與專門學校的朋友說要開店的計畫，所有預定都化成白紙一張。

我搬離老家的公寓，決定住進跟朋友母親租借的二樓房間。朋友原本住在那裡，因為結婚後要到英國而空了出來，我得知消息後二話不說便決定租下。房間距離下北澤車站約七分鐘的路程。

同時我也開始在雷里昂（Les liens）工作，餐廳就在我住處同一條茶澤路的對面，走路只要一分鐘。由於店面不大，不論是廚房、外場還是調製飲料等工作，我都得幫忙，頓時每天都過得十分忙碌。

當家中沉重陰霾的空氣逐漸散開時，一個人的生活感覺特別有勁。會讓人想說：好不容易可以甩開父親的事，開始自己的人生了。

不管是喝茶也好、早上起床也好，總算有種樂在其中的感覺。原來換個環境的效果如此驚人。如今早晨一睜開眼睛，終於可以不要再煩惱失去父親的痛。如果還住在家裡，那些事情就像是用隱形墨水書寫似地，每天早上自然而然會浮現在家中各處，搞得心情也跟著黯淡起來。

我租了老房子的二樓，空間雖說頗大卻也並非那麼寬敞，有兩間西曬得很嚴重的和室和一坪大的廚房，房間格局十分簡單。說到夏天西曬嚴重的程度，大概就是不管冷氣開多強也很難感受到涼意。

浴室裡只有一個貼磁磚的小型浴缸，蓮蓬頭則是我住進來時剛裝的，所以還很新。屋裡到處瀰漫著老房子特有的氣味，榻榻米也都被曬黑了。瓦斯爐是舊式的，常常我一使用家裡帶來的烤箱就會斷電。當然使用吹風機時也得特別留意，斷電後只能在熄燈的黑暗中重新啟動電源。朋友們來玩時驚呼「都什麼年代了居然還能找到這種住處」，也成了特色之一。

儘管屋齡老舊，但對於想存錢的我而言，這裡空間寬敞、租金便宜，以及離上班地點近，可說是夢寐以求的物件。朋友的母親也就是我的房東，並沒有住在一樓，一樓改成了店面出租，所以我的房間下面是間小巧的二手衣店，和只有一個吧檯、裝潢繽紛花俏的小小咖啡廳。那裡的咖啡不是很好喝，加上提供的糕點也烤得半生不熟，我不太常去。但是因為有可愛的女生笑咪咪地看店，白天隨時都有人在，讓我感覺很安心。而到了晚上不管我走路的聲音有多大，還是放音樂、洗衣服，樓下也不會有人來抱怨，也算是迷人的優點之一。

可惜快樂的時光太短暫。有一天母親幾乎是雙手空空來到我的住處。那是在艷陽高照的夏天突然不再發威、天空霎時變得高廣、風也開始有了涼意的初秋時節，一個淅瀝瀝下著雨的傍晚。

那一天我忙完午餐的工作，回到房間裡稍事休息時，接到母親打來的電話，說她人就在下北澤。

因為母親經常來訪，我跟平常一樣提議「我在房間裡，要不要一起喝個茶」，只見她手上提著好幾個紙袋，和一只鼓脹的大型柏金包走進來，語氣自然地說：

「好好，我實在受不了一個人住在家裡了。我可以暫時住在這裡嗎？」

我可不想！這是我由衷的心聲，但好不容易才能克制住沒有顯現在臉上。

我是因為想到母親的苦處，才按捺下心中的不情願。畢竟我們母女的內心深處，還存在著言語無法形容的鬱悶。

只是我實在無法相信。

這房間我只有在工作忙碌之餘回來睡覺而已，跟位在目黑新穎寬敞的三房兩廳公寓相比，簡直是天壤之別。

可是母親似乎一點也不在意。

我本來是為了轉換心情才搬出來住，好不容易工作上了軌道，正準備找個人談戀愛，呼朋引伴來住處聊天，雖然為時已晚，但也要開始享受一個人生活的樂趣時，開什麼玩笑嘛？居然跑來說要跟我一起住。當我試探問「過一陣子我也要回目黑的家，到時候一起回去吧？」

「我不討厭自由之丘。只是那個家和那個地方都會讓我想起妳爸爸，所以我不喜歡。」母親卻說：「下北澤很好，我想留在下北澤。住在家裡我幾乎都快透不過氣了，任何東西都無法讓我提起勁來。於是我才明白好好的開朗個性帶給我多大的幫助。」

目黑離自由之丘不遠的公寓是祖母在兒子夫婦有了小孩（也就是我）時轉讓出來的，因此即便沒人住也不用付房租。反正只需支付管理費，而且母親也不是管理會的委員，一個月頂多露面一次就夠了，所以短期內不在家不會造成任何問題。

「住在這裡半年，一旦我的心情沒有改變，就打算把那房子給賣掉。」母親說。

「那至少現在可以去找間更大的房子讓咱們兩個人住吧？既然媽手上有錢，應該還租得起吧？」我說。

「可是那麼做的話，就必須整理所有的事物，豈不太大費周章了？我覺得時間太早。現在的我可一點都不想搞得灰頭土臉，只想安靜地行動。安安靜靜地小口喘氣，動作太大會要了我的命。」母親說。

這種時候說話特別有說服力算是母親的特徵之一。

「這裡好。從這裡的窗口俯視茶澤路時，感覺很多事情都能化為白紙。對了，好好，妳可不可以真的把我當成朋友看呢？就當作是失戀的朋友暫時跑來跟妳住嘛。」母親說。

我看著母親身上那件圖案華麗的T恤，應該是她在樓下的二手衣店直接試穿後就埋單的吧。完全沾染了下北澤的風格，無法想像是目黑貴婦的穿著打扮。

「哪怕妳要我真的那麼想，我也辦不到呀！而且我們遇到的事情比失戀還嚴重，我無法想得那麼輕鬆！」我說。

「就算妳認為我離不開孩子也無所謂。在妳爸爸去世後，現在的我實在無法繼續在少了好好的笑容的目黑家生活。總之我一心只想要所有事情都回到最初的樣子。」母親說。

我感覺整個腦袋天旋地轉。畢竟短時間內要將夢想的事情全都修正回來實在很辛苦。

明明有更完善的場所，母女倆又何必像是住在廉價旅店一樣，硬要擠在這個破房間一起生活呢？當初為了省房租好存錢，才故意挑選這間朋友母親出租的便宜住處，同時也只是基於工作地點的小餐館就近在咫尺的理由。

雖說母親願意付錢，大概會付到房租一半以上的金額，而且也可能一手包下打掃洗衣的工作吧，但這樣我獨立生活的意義就化為闕如了！

我試著用委婉的方式說出以上拒絕的理由。

可是母親卻神情恍然地聽著，然後用斬釘截鐵的語氣回應：

「妳所說的話，我都覺得很有意義。理由充分，也都很有道理。」

「就是說嘛！本來就是這樣呀，難道不是嗎？」我說。

母親搖頭說：「但我現在就是想做沒有道理的事！我想忘了自己已經是個成人的事實。

因為結婚和平常的生活看起來就像是一連串有意義可預知的行動一樣，所以妳爸爸才會想要嘗試做些沒有道理的舉動，而且不斷嘗試之餘整個人都陷進去了，最後還落得那種死法，不是嗎？

所以我也想做沒有道理的事。雖然不認為那樣做就能回到年輕時候，但至少現在我沒有撫養妳的義務，所以很想用借住在朋友家的感覺，就算如今整個頭髮都白了，也想回到最初的樣子。」

奇妙的是，一旦敞開心懷認真聽母親說話，不禁真心認同起母親說的話。她說的一切都能聽進心裡。

我的父親是個頗受歡迎的樂團樂手，負責的樂器是鍵盤。有時會被叫到錄音室幫認識的朋友伴奏，也經常跟其他樂團外出巡迴表演。他總是忙於工作，也賺了不少錢。

關於音樂學校講師的邀約，他只是偶一為之，從未認真當作職業看待。說是喜歡現場演奏的感覺，也那樣一路走來的生活，父親總是隨著朋友的樂團到處演奏，以至於最近我們一家人難得能在家中碰面，幾乎已成了分崩離析的狀態。

每個家庭都有不同的時期。感覺上就在大家擁有各自的時間，彼此的心逐漸疏離之際，還以為再過一陣子後就能恢復原狀，卻在一不留神之間父親已被人擄走。從小被捧在手心養大的母親，以及同樣被呵護備至的我，因為幾乎不具備因應人情世故的小聰小慧，所以完全沒有招架的能力。

其實父親本來就不是充滿活力的人，很多方面都顯得很神經質，身體也不是很健朗，即便還不到弱不禁風的程度，但看起來就像是存活得挺吃力的樣子。

祖母一生都是大小姐的命、金錢上沒吃過任何苦頭，或許父親身上也流著一樣的血吧，人生不能用幸福二字概括形容。我的爺爺在父親年輕時就過世了，聽說外面有女人幾乎都不住在家裡。這件事我是在祖母過世後才知道的。

想到自己身上流著如此悲慘的血，背脊就一陣發涼。父親外表看起來文靜老實，內在卻始終保有學生般的心情。他是那種和女兒出門時非得手牽著手的人，壓根就是愛撒嬌、生性活潑、喜歡裝模作樣。乍看之下他顯得有些天真纖細，加上沉默寡言，很難給人那種感覺，但其實意識柔弱不堪一擊，他絕對是那種不管活到多大歲數都想要活得輕鬆自在的人，對任何事情也都會天真樂觀地認為船到橋頭自然直。那種孩子氣的個性可說是父親的長處之一吧。

「可是媽，既然這樣，那妳不是應該去借住在自己真正的朋友家嗎？我當初就是因為想要獨立才開始一個人的生活，因為我不想始終依賴親人無法自立啊。」我說。

「可是我無法和其他人共享妳爸爸呀！我在這個世界上就只有妳了！也許那個和妳爸爸一起死掉的女人也能共享妳爸爸，但無論如何我們都不可能和好，何況她也已經死了。而且朋友之間，就某種意義來說，多少有些顧忌。我真心信賴的好朋友已經結婚跟著老公一起調職到舊金山生活了。」母親說。

「當然啦，她家應該有寬敞的客房，我也不是不能去借住一下，只是不好意思麻煩人家。反正到時候要是無法和妳繼續一起生活的話，跑去待上一個月也是可以，而且不單只是為了散心而散心，甚至住上好幾年也不無可能。」

不過留在日本的話，所有舉動總有一天都會跟今後的生活產生關聯吧。畢竟未來會變成怎樣誰也不知道，所以金錢方面得節約才行，這裡的房租既不會造成心理上的負擔，跟妳住的話也不用顧慮太多，隨時想搬走都行。所以什麼都不要說了，想太多也沒什麼用處。誰叫這人世間只剩下我們母女倆，也沒有可以奢侈度日的錢。重點是我現在完全都不想認真思考這個問題！感覺很無聊，好像自己被打敗了似地！明天的事明天再說吧！」

我不禁感慨納悶母親究竟是從何時開始有那種想法的呢？父親對於生活的感覺很平淡，母親則是隨時都很正經以待。凡事都會事先作好計畫，從不會採行無法確定未來的舉動。

身為獨生女的母親，在我很小的時候就失去了父母。擁有廣大農園和牧場的娘家早就被賣掉了，由於位在鳥不生蛋的北海道偏遠地區，想來也賣不到什麼好價錢，那筆錢成為遺產後，被身為家庭主婦的媽媽給妥善地存了起來。母親暫時借住在這裡，就經濟上而言，絕非輕舉妄動的行為。反倒是我說不定還能存點錢。

然而我很清楚自己其實還無法完全離開父母。

我需要一個可以回去的地方，所以才那麼希望母親能留在老家。

我是在那樣孩子氣的框架裡興奮莫名地恣意描繪今後的一個人生活，所作的心理準備自然程度也很有限。完全是一廂情願的自我幻想。

想到要跟母親分享我私有的狹小空間，心裡就覺得很不是味道。原本還自作主張地認定一旦有了情人也堅持不同居，彼此暫且先只往來對方的住處就好，畢竟人生還在學習當中……。

老實說為了貫徹自立的計畫，或許我應該面露怒容，大聲咆哮要母親離開才對。假如我是男生的話，大概也已經那麼做了吧！

然而當時的母親像個少女一樣撐起雙肘拄著腮幫子，茫然地凝望著煙雨迷濛的茶澤路。

沒有比那樣的景象更能打動我的心了。

在我腦袋瓜裡翻來覆去的種種理由頓時都安靜下來。

那個樣子明確傳遞出母親不過只是想留在這裡的意願。母親的樣子不像是個成人女子的形體，而是籠罩在夢一般的霧狀裡。一層由可能性、未來、孤獨等類似年輕人才有的不安定感。

「妳說好像被打敗了，敗給了誰？爸爸嗎？」我問。

「才不是呢！是好像被那種人生必須好好過的騙人教條給打敗了。因為我這一輩子不也都是認為不好好過會有問題才這麼認真熬過來的嗎？可是我的遭遇難道不比所能想像的程度還要更嚴重嗎？

想到只能感謝妳爸爸還沒開始欠別人債就離開人世，我就覺得悲哀。我存的錢幾乎都快在他身上用光了，留給我們母女倆的已經所剩無幾。

但妳爸是個好人，他是那種與其造成我或好好困擾，寧可自己去死的那種人。一直以來他都是那麼的單純可笑。

很早以前，在妳出生之前，有段時間我們相處得不是很愉快，他說自己似乎不太適合擁有家庭，要求我離婚，我沒有理會他，早知道當初就該答應才對。我們長談之後，決定先生下妳再說。從此我們就再也沒有提過離婚的事。從妳出生之後，妳爸嘴裡便經常掛著結婚真好。

我並沒有將他的死歸罪到自己頭上。只是對於從小灌輸在我身上『人一旦長大後，只要有心做，天下無難事』的這個世界，如今的我一心只想抗拒到底！」母親說。

我完全無法辯駁，只能茫然地喃喃自語：「沒關係，那只是現在，不如反向思考吧！現在是在旅行，媽媽只是來這裡玩而已，不用太在意。」

如此一想，心情立刻豁然開朗。

我本來就無心傷害母親，同時也很單純的認定暫時並沒有其他選擇餘地。相信彼此對對方生厭的時刻會同時到來，到時候再考慮如何解決吧。

此時我身上失去的氣力，肯定是「過分急於計畫未來事項的氣力」。如今母親就在我眼前，說她想留下來住。這是目前僅知的事實，搞不好到了明後天她又會說想要回家，而我卻認真了起來，試圖貫徹自己決定的主張。因為太過認真，才會花費許多氣力。

「好吧，沒問題。我可以理解。」我說。

「嗯，謝謝妳。」

母親回應的語氣聽起來不是很高興。

大概是因為她太了解我的想法，知道我無法拒絕的關係吧。所以只是單純認為「講這麼多，根本是在浪費時間」吧。我雖然覺得自己被看穿有些可惱，但也只能認命，都怪我缺乏拒絕別人的勇氣！

走到窗邊坐在母親身旁。

心中想著：這個人活到這把年紀，人生突然化為一張白紙。既沒有嗷嗷待哺的子女等著餵養，生活也不需要她努力工作求得溫飽。而且我們心上始終都覆蓋著一層厚重灰暗的懊悔陰影。

就某種意義來說，不管做什麼，或是留在這裡重新生活，我們都已無法恢復原狀。早就心知肚明只能永遠懷抱著這層陰影。就算剛好有一段時期可以忘卻一切，心情變得開朗，但內心深處依然有陰影存在。我們很清楚今後的人生必須背負著一切繼續走下去。即便經過多次痛哭到喉嚨出血，心情也無法變得輕鬆。我們只是裝作若無其事地藏在心底而已。

我們也都知道在那個格局布置充滿家庭味道的老家裡，彼此都有自己的角色要扮演，所以很難自由自在地訴說心事。

「好好，家裡會讓妳覺得很嚴肅嗎？」母親問。

「不會呀，跟普通家庭比起來，或許因為是音樂人的關係吧，雖然有些不一樣，但不會覺得難受呀。」我說。

由於父親回家經常是在半夜，家裡隨時都會放著音樂，而且父親的朋友來家裡玩也會整夜喧鬧或小聲和奏。父親每次受邀到海外的演唱會伴奏時，我們母女倆也都會假借幫忙父親的名義向學校請假跟著一同出國。我們去過泰國、上海、波士頓、紐約，還有巴黎，也去過韓國和台灣。儘管都是克難旅行，但每一次都有音樂相伴，有時也能順便搭樂團的廂型車一起移動，或是跟其他樂手年齡相仿的小孩玩在一起產生淡淡情愫。那是我如同嬉皮般的歡樂童年。

「那是我太嚴肅了嗎？」母親問。

「多少有一點吧。可是如果沒有一個人嚴肅點，這個家又如何能運作呢。而且我覺得……」

我嚥下一口唾液，說出了我不想說但從小就一直掛在心上的想法：「爸爸假如沒有我們，肯定也會因為某種事而死得更早！」

母親一臉詫異地看著我，眼神之中浮現出「妳也這麼認為嗎？」的訊息。

「謝謝。」結果母親用這句話取代了「妳也這麼認為嗎？」的反問。

茶澤路一向沒什麼車輛進入，如果有的話，那些車輛也很自然地穿梭在人來人往的街景之中。路的對面有我工作地點的小餐館雷里昂。二樓的花貓舍咖啡廳，老舊的窗玻璃上透出淡淡的燈光。眼前的一切景象在雨霧中顯得更加迷濛，彷彿逐漸要溶入夕陽的彼方。

母親是否會每天到我工作的地方吃午餐呢？我從來都沒想過竟會過著這樣的生活。暗自決定什麼都不要改變吧，不要幫母親準備毛巾，也不要幫她買個人專用的杯子，讓她品嘗一番寄人籬下的滋味。

就跟平常偶爾來這裡睡一晚一樣，我將客用的墊被鋪在我的床位旁邊。相信對母親而言，這時她一定會覺得比起家中價值不斐的丹普（TEMPUR）床墊，這裡的萬年豆乾墊被（不過蓋被我可是加碼改用羽絨被）肯定要舒服的多！

而且今晚當我累壞回到家時看到有母親在，心裡一定會覺得很鬱悶吧。那是一定的，不過也無所謂。我打算愛怎麼鬱悶就怎麼鬱悶！

「對了，在家裡的時候，我看到了妳爸的鬼魂。」

突然間母親語氣茫然地冒出這句話。

「鬼扯蛋！」我說。

「我是說真的。快天亮時醒來，有時會看見妳爸躺在我的身邊，有時會猛然看見他坐在沙發椅上。」母親一派輕鬆地繼續說著。

「媽是不是因為太悲傷，頭腦有些糊塗了？」我說：「媽不是那種絕對不相信有鬼的人嗎？每次我看類似學校怪談的電視節目時，妳總是很不以為然地不肯陪我一起看。」

「所以那樣的我說這種話才更有說服力。不是嗎？本來我自己也不相信呀，因此漸漸確定是真的時，簡直快瘋了，這也是我來這裡住的理由。我可不是為了一時高興而跑來借住女兒窮酸破舊的房間。」母親說話的口吻很平靜。

「想不想喝茶呢？好惠，幫我泡茶好嗎？」

「要喝什麼茶呢？」我問。

「紅茶。感覺坐在這個窗戶邊喝茶，就像是坐在咖啡廳裡一樣。我可以去買張茶几放在這裡嗎？那裡不是有間整修古董家具來賣的二手專賣店嗎？昨天我到井之頭散步，發現了那間店，馬上就一見鍾情，站在那裡看了好久。看著年輕男孩穿著短袖露出肌肉地刨木、上漆、整修家具，那種認真工作的樣子真棒！感覺很萌。」

「哦，那間店呀，的確還不錯！價格也很便宜。而且這個房間也很適合古董的味道。假如媽願意用自己的錢買給我當然好。坐在那裡吃飯的感覺也很棒，還能看見我工作的樣子……現在不是說這些話的時候，先泡茶再說吧。」

聽到母親刻意說出「很萌」的年輕人用語，我裝作若無其事地回應。如同剛到國外的人為了適應英語，母親現在肯定也很急於融入這條年輕人的街道。

「媽從家裡拿來的大吉嶺新茶，收在哪裡了呢？」

「哦，我收在冰箱裡了。」

「ＯＫ！」

打開冰箱時，我心想這樣的對話跟在家裡有什麼兩樣？我根本就無法脫離親人獨自生活嘛！

不過算了啦，畢竟現在只是現在，這裡也只是這裡。而且今天就只有今天而已！

說不定這是我和母親最後的共同生活，也可能不是。想到母親萬一……，胃部就一陣緊縮。外表看不出她內在的煎熬，我擔心她會不會也跟父親一樣突然就撒手人寰。那麼同樣地我們母女倆的共同生活也將瞬間消逝，永遠不再。

與其在老家看見鬼魂搞到精神耗弱而死，或是退一步跟父親的鬼魂共同生活，寧可讓母親來這裡黏著我一起住。

雙手抱膝靠著座墊倚在窗戶邊的母親看起來是那麼的無助。

對我來說，這裡也是新的地區。如果能跟母親一起度過愉快的時光，其實也像是人生重新來過一樣。

我用托盤將茶送過去後，坐在母親身邊。

然後說聲「來吧」催促母親說下去。

「什麼？」母親一臉詫異地反問。

「就是關於爸爸的鬼魂呀，人家很在意耶。」我說。

「剛剛說的就是全部了呀。妳爸爸有時候會跟平常一樣出現在家裡面。遇到那種情況，我就會莫名其妙地不知所措。不但無法跟他交談，也沒辦法跟他四目相對，只能一個人無所事事地走來走來。感覺就跟他生前一樣，就跟過去一樣感覺彼此如同空氣般的存在。因為太過平常了，我反而覺得莫名其妙。」母親說。

因為語氣平淡一如往常，我也沒有大驚小怪地回應「是哦，原來如此」。

「可是既然那樣的話，會不會爸爸因為看不到媽媽，一個人在家裡很寂寞呢？

留他一個人在家裡，應該不太好吧？會不會因此而無法成佛上西天呢？家裡沒有人陪他，不會太可憐嗎？」我說。

母親的目光低垂，終於忍不住笑了出來說：「如果沒有人陪妳爸，難不成他會自殺？還是被人殺了呢？」

我心想說的也是。事到如今還什麼好怕的呢！

母親接著說：「好好，妳爸爸跟別的女人殉情而死，為什麼我還要擔心他寂寞與否呢？而且我覺得他那種死法應該很難成佛上西天吧。反正放著不管，他也是成不了佛的。」

「的確也是。」我說：「那是不是要做法事什麼的，好讓爸成佛上西天呢？」

「我也不是沒有想過。」母親說：「現在我還有些怨恨。那種事我也不是很懂，感覺如果內心深處還沒有真正原諒對方，就算做了也沒有用吧？」

因為我和父親是親子關係，所以一點怨恨也沒有。只是腦海中不禁會浮現他一個人踽踽獨行在黎明前的孤寂道上，那個漸行漸遠的身影。

對不常在家的我和不怎麼喜歡父親的母親而言，那個家就算再怎麼溫暖也缺乏喚回我們的吸引力吧？小孩子會像漿糊一樣緊巴著家人不放，但我已經長大成人了。對於強烈女性魅力的勾魂懾魄，我們並不具備足以抗衡的力量。

不過我還是為不能見到父親感到十分悲傷。雖然最後的那段期間很少碰面，但見面的時候，我還是能感受到父親對我的深切愛意，我們父女就是那樣的關係。

說來也許理所當然，對於屬於男女關係的母親來說，他們的情形就無法那麼單純了。明明是一家人，立場卻互異，對於某些事情已經是到了水火不容的地步。父親本來就像是浮現在兩人之間的一個立體影像而已，死後（根據母親的說法他變成了鬼魂）就更加凸顯出此一事實。

全家三口一起出門只有在我的孩提時期，長大之後雖然有分別跟父母出遊，三人湊在一起頂多是在公演之後。經過幾次可能還未發展出肉體關係的輕微外遇後，氣得連父親的音樂生活和人際關係都眼不見為淨的母親，總是不等慶功宴開始就早早拉著我離開觀眾席，母女倆自己用完晚餐後便回去休息。

如果會喝酒的話，是否父親早就已經一命嗚呼了呢？還是比較容易取得平衡呢？這個問題常困擾著我，百思不得其解。生性怕寂寞的父親明明不太會喝酒卻很喜歡飲酒作樂的場合，每次參加慶功宴總要玩到天快亮才回來。在外人的眼光中，他不過只是眾多樂手中的一個，一個身材瘦削到似乎隨時都能找到人替補的鍵盤樂手，然而他對我而言卻是獨一無二的父親呀！

父親的樂團是標準的五人編制，但因為他們喜歡玩各式各樣的音樂，所以常會邀請不同的來賓演出。有爵士音樂常見的卡林巴①、馬林巴木琴（Marimba）或昆那②的樂手，甚至還找過舞者助陣。結果由於上台演出的人多，使得報酬自然越來越縮水。還好父親因為演出邀約不斷倒也不以為苦，可見得他是真的喜愛音樂。雖然有人說他演奏得太過認真而缺乏趣味性，卻也意味著他是不敢褻瀆音樂

---

① 卡林巴（Kalimba），非洲傳統的拇指小木琴。

② 昆那（Quena），南美傳統吹奏樂器，早期用蘆葦、竹子、陶土等製成。

的人。這也是我喜歡父親的地方。

只要聽到盡情演奏之餘深夜才回到家的父親和假裝忙其他事其實在守門的母親說話時，即便已不再年幼，我還是會像個小孩子般地感到安心。

當父親走進玄關，母親便會悄悄從寢室來到客廳，輕聲細語問他今天表演結束時帶我去吃了什麼東西、演奏的情況如何、有什麼人到場等問題。父親一一回答後，臉上才會露出終於鬆了一口氣的神情。

「經過漫長的一天，最後跟妳媽聊些有的沒的瑣事。」是父親一天結束時最重要的時刻。這是他親口跟我說的，肯定錯不了。就像口頭禪似的，他老是將「那是結婚之後最棒的事」掛在嘴上。沒想到竟是陪他聊些無關緊要的話題，看來太陽底下果真沒有新鮮事！

父親出事時，是否會因為無法跟母親說話而有所遺憾呢？是否因為還有話要說，才會徘徊家中流連不去呢？我想應該是吧，畢竟那一天他並不知道自己會死呀。這種事事先知道的人應該不多，也不會有人料想到身旁的人會被殺死吧。一般人總是以為自己絕對不會出事。

儘管不相信有鬼魂的存在，心情還是有些難以釋然。因為我還很孩子氣，喜歡凡事都一清二楚的，所以不是太懂，但人總不可能永遠都是一個樣子，無法只是為著冠冕堂皇的理由而存活下去。或許沒有抓住一個目標，我怕自己會四分五裂；因為搞不懂自己的心情，才會故意裝作一切都看得很清楚好保有自我吧。

或許在父親心中，接觸音樂和我在一起時的快樂，相較於跟母親的關係無法更進一步的僵持狀態，以及母親對父親的冷漠，如同薄霧般不抱期待的心態，始終壓迫著父親，這些情況多少都跟他的死有關。因為母親個性很強，光是和她一起生活就會有難受的時候。

令人傷心的是，父親真正的心情只有他自己才知道。這一生我都無法得知了。而父親自己恐怕也不想再面對吧。

小餐館的工作，每天都忙得不可開交。

首先我得開店。然後揉好麵糰，放著讓它發酵。接著把椅子架高，開始用力大掃除。這中間還得燒開水、燙青菜、整理沙拉要用的蔬菜。檢查有沒有缺什麼，有的話就去買齊。之後還得烤約四十個麵包。

這時候主廚美代姊也差不多到了，我便充當她的助手。一旦有客人上門，就開始到外場服務。直到兩點半，時間就像是狂風暴雨般地掃過。

不過三點過後提供的午餐很好吃，還能學習到做法。接下來是休息時間，沒事的時候可以出去稍微散散步，也可以回住處睡午覺。

晚上喝酒、慢慢用餐的客人較多，一晃眼就到了打烊的時刻。

由於週末客人很多，還會有一個懂酒的工作夥伴森山先生前來幫忙。不過只有我一個人招呼的平常日子，也根本毫無空閒。因為店裡經常客滿，而且來我們店裡的客人習慣坐下來慢慢用餐，幾乎沒有什麼翻桌率可言。倒是午餐時間也有很多人會點啤酒或葡萄酒，使得平常日子除了午餐外，還必須準備適合下酒的小菜。

準備下酒菜和前菜的前置作業由我負責，必須利用空檔進廚房切切洗洗。另外打掃店面和清洗杯子也是我的工作。

提到法國餐廳就免不了提到銀座，可是我沒有選擇去那裡，甚至也沒有選擇到青山、麻布，或是時髦氣派的自由之丘、廣尾，而是無論如何都要到下北澤的這間小餐館工作是有理由的。因為我對這家店有特殊的情感。

父親過世後，母親當然是整天不吃不喝，老是躺在床上。即便起來了，以為她一個人靜靜地不說話，仔細一聽竟喃喃自語著「騙人的吧？這些都是騙人的吧？」

因為不相信，所以連牌位也沒立，只在父親放有教學用鋼琴（up light piano）、心愛的喇叭音箱和真空管擴大機的房間掛上照片，並且隨時都供著鮮花。可見得母親並非逃避現實，她只是不願相信而已。

母親老是說總覺得妳爸會突然回來。

對我來說，因為忙著處理遺體、火化、葬禮和撿骨等事宜，每一次看到跟父親一起死的那個人的照片，不知道為什麼就會產生一種即時刷新的真實感。所以不像母親會難以置信。

即便如此，不論是醒著還是睡著，心中還是會反覆自問為什麼會變成這樣？爸為什麼都不跟我說？也會問是我對爸太冷淡了嗎？該不會爸有話想說，我卻一點也沒注意到地自行跑去睡覺了呢？腦子裡不斷想著同樣的問題，感到悔恨，又繼續想著，一下子又忘了，一而再地周而復始。

最後那天早上，我對著站在玄關的父親說：

「爸，這次演出結束後，大約下個禮拜吧，你要帶我去青山吃很貴的法國菜喲！」

父親一邊穿鞋一邊問：

「很貴是多貴？」

「嗯……大約一萬五千圓左右吧，紅酒另外算。人家一直都很想到餐廳喝那種很貴的葡萄酒嘛。」我說。

「哦，那還真的是很貴呀！」

父親將那只彷彿忠實老狗般的破舊旅行包放在腳邊，臉上露出了笑容。

父親說那天晚上要到銀座朋友開的店演奏。據說他的確也參加了演出。慶功宴只露了一下面，便搭上該女性的車離開東京，投宿在茨城的溫泉旅館。他跟旅館的人說要開車出去用餐，在附近的居酒屋吃過飯後便死了。

我跟母親還在開玩笑說「爸忘了帶手機，大概是怕我們跟他聯絡會造成困擾，所以故意忘了帶吧，真可惡！回家之後也不要讓他進門」，簡直是輕鬆放過父親幾乎是頭一次沒有報備的外宿。

我將包包遞給即將出門的父親，父親將包包掛在肩上。

「吃好吃的，也是為了學習品味食物。」我說。

「那倒也是。那就等我回來再約日子吧！」

父親的神情看起來有些悲傷。

那句「等我回來」並沒有騙我的意思。當時的父親絲毫沒有尋死的念頭。
「好可惜喲，人家也想去聽演奏，可是今天答應傍晚要去朋友的咖啡廳幫忙，臨時說缺人手，要我救火。」我說。
「晚點來也沒關係呀，銀座很近。我今天只是客串，上場機會不多。」父親說。
「可是一定會忙到很晚，我會來不及的啦。所以我們的約會還是保留到青山去吃法國菜吧！」我說。
「好吧，那我出門了！」
父親說完後飄然而去。那件熟悉的藍色短袖襯衫還掠過我的眼角，沒想到竟成為父親活著走出家門的最後影像了。
我不斷地倒帶那個畫面，不斷重新來過。嗯，我會去的，爸。不對，這樣還不夠，總之我當時就應該什麼都不拿地跟上去。我不斷地後悔著當初就該那麼說才對。早知道就該抓住爸的腳，哭著不讓他走，應該把他關在家裡才對。我應該在他面前假裝暈倒，讓他出不了門。

明知道那些都已不可行，卻一而再地發現自己居然在腦海中一遍又一遍試圖重新來過。

反覆再三之際，虛假的影像越來越清晰，反倒是父親的身影逐漸淡去。

父親剛去世的那段期間，我當然是沒有食慾的。

某個星期天的下午，心情苦悶的我和母親各自窩在自己的房間裡。雖然肚子餓了，就是不想進食。

就算我想做些什麼來吃，甚至稀飯或湯都覺得口味太重。於是想說做個沙拉吧，買回蔬菜後，看著鮮嫩脆綠的色澤反而捨不得吃下肚了。

「媽，做什麼妳才肯吃呢？多少還是得吃一點東西嘛，不然身體會受不了的！」

我一邊輕撫趴在床邊嚶嚶哭泣的母親她的背部一邊問。

「刨冰吧。」母親突然回應。

那是個炎熱的夏天。只是出個門就覺得快要被柏油路的熱氣給蒸昏了，入夜後也絲毫感覺不到涼意，暑熱難當。

這時候我突然很平靜地冒出「天氣這麼熱，爸的遺體應該有好好冷藏吧」的想法。

窗外天空的湛藍，安定了我的情緒。讓我深切感受到父親真的已經不在人世。半強迫母親起身，母女倆幾乎是一身家居服的打扮便直接跳上計程車前往下北澤。腦海中浮現跟朋友去過幾次的雷里昂餐廳，那是我唯一知道刨冰好吃的店。

一推開店門，空調的冷氣和戶外的熱風交錯，身體立刻產生難以言喻的奇妙感受。我們很自然的坐進最裡面靠窗的兩人用餐桌，並且同時發出嘆息。

窗口投射進來的烈日驕陽曬得右手臂隱隱作痛。母親沉默地望著窗外。不管走到哪裡，我們倆都是一副悲慘、被人拋棄的模樣。

現在我稱呼她是「美代姊」，但當時我並不知道她的名字，只見一個姿勢站得很漂亮的主廚笑容滿面地說「還不到休息時間，妳們可以點餐」，我們便點了芒果、水蜜桃和黑醋栗的刨冰。

冰花很細，水果也很可口。甜點簡直就像是天國的食物般撫慰了我們的心和胃。可以明確感受到經過一而再的自問自答與後悔、同時被天氣熱暈了而無法休息的頭腦，此時正安歇在涼爽舒適之中。

就連打開的門吹來熱風也覺得很舒服。

「突然間覺得肚子餓了。」母親低喃說。

這家店直接沿用老房子進行裝潢，很有巴黎巷道裡的小餐館風情。那種旅行的感覺讓我們心情變得輕鬆。好一陣子沒認真進食，只用咖啡歐蕾、餅乾、即時湯包果腹的我們，終於湧現了相隔多時的食慾，點了加有大麥的大份沙拉分著吃。沙拉上面覆蓋著烤得焦脆的法國麵包、分量很多的火腿、大麥。水嫩的萵苣裡摻雜了豐富的玉米筍、小番茄、秋葵和小黃瓜。

「好棒呀、感覺很好吃的樣子。好久沒有感受到滋味了。就像肉體是活的，但心是死的。」母親茫然地喃喃自語。

我們在吃完刨冰、用完那盤沙拉後，又點了咖啡喝，才覺得心滿意足。心情已經有好幾月都沒有如此輕鬆了，我想。

望著窗外發呆。我甚至覺得在店裡流動的是自然的時間；是沒有受到任何阻礙，完全屬於我自己的時間。

我幾乎都已經忘了有那種時間的存在。

很想見到什麼人，總覺得去哪裡就能見到，如此一來心情就會舒暢些吧？內心常存有類似的想法。

我們當場沒有痛哭流涕，反而像是體內細胞突然吸收到養分一樣感覺很高興，像是眼睛對著高速行駛的全開車窗飆淚一樣感覺很暢快，也像是經過疲憊的旅行好不容易抵達目的地終於可以坐下來休息一樣。

美代姊並不知道我們的遭遇，也不可能上前來安慰我們。她只是很誠懇地將她的關心盛在盤子裡送過來。整個店面都彌漫著那樣的空氣，感覺裡面存在著比任何東西都更真實的氛圍。

不久之後，每當我和母親感覺心情又變得軟弱時就會自然相約到那裡用餐。

母女倆分享一盤沙拉、用刨冰平復心情，努力撐過那個要命的夏天。儘管兩人都形銷骨毀，看起來卻像是一對幸福的母女總是津津有味地品嘗著那份菜單上的美食。

夏日的午後，天空變成粉紅色的傍晚，靜靜凝視那家餐館的地板、窗外風景的種種畫面，不知不覺間竟成為永遠存活在心中無法取代的寶物。

夏天過去了，刨冰的季節也跟著結束，季節轉換成秋天、冬天之後，我們依然繼續到雷里昂用餐。

小餐館所在的露先館一角有棵高大的櫻花樹。到了櫻花盛開的時節，我和母親也變得跟正常人一樣能夠吃吃喝喝。但只要覺得沒有食慾或無法待在家裡的時候，我們母女就像說好似地會異口同聲冒出一句「那裡的大麥沙拉應該吃得下，走吧」激勵對方，一同跳上計程車或公車出門。

所以當我開始一個人生活的同時，自然就毫不猶豫地選擇到雷里昂工作。為了能以那裡為生活的中心而在附近租房子，對我而言也是想當然爾的舉動。

確實薪資很低，我也早料到像觀光區一樣的下北澤，餐館工作會很忙。

可是我認為找不到其他工作比它更能讓我分心了。沒錯，對我來說，最重要的是轉移注意力。

不知道有什麼客人會上門的刺激感。頭腦和身體得同時動起來的刺激感。整個人跟著店一起活起來，彷彿自己就像是逐漸產生變化的變形蟲一樣，那種的緊張感。總之這裡很適合我，我甚至可以清楚地看見在這裡學習對我將來的意義有多大。

如此一來，我不再會有「花枯萎了可以不用換水」、「麵皮揉得有些失敗，直接拿來用無所謂」的頹廢想法。

我開始學習只要把個人遇到的小小挫折藏在心底，其實就能很快地讓自己起死回生。因為吃是人類的本能，會很露骨地表現在各種事物上面。就算一開始藏在自己心裡，最後肯定會以別的形式展現出來。只有乖乖地拋開個性與偏見，腳踏實地去做，別無他法。

有時我會想：如果父親是個貪吃鬼，人生就會多一件樂趣，或許就能存活在這個世上也說不定。

對於吃幾乎毫不感興趣的父親，唯獨對我做出來的食物肯認真吃下，而且吃的盤底見空，讓母親心生妒意。父親曾經對我說過：將來要去妳開的店，一個人吃完全餐，還要努力點紅酒來喝。他還說過得好好活到那個時候才行，如今卻撒手人寰。

讓我惋惜不已的是，幾年前的我做菜手藝比現在要差很多！

我甚至覺得在父親心中，我做菜的功夫將永遠停留在那個時候。

相對地也會湧起健全的希望，期許自己做出讓跟父親一樣不愛吃的人也能接受的食物。只要能待在那家餐館，我就感到有活力，覺得能吃並非壞事。

幾年前父親曾一邊吃著我做的小小蛋捲一邊說：

「以前我對吃很不感興趣，只覺得嚥下去就是了。然而女兒長大做這些東西讓我品嘗時，我的想法變了。感覺吃這檔事，其實也沒有那麼糟糕嘛！」

我在下北澤的生活完全是以餐館的工作為中心打轉。

原本擔心早晨起床會看到母親還在睡等煩心的畫面，結果不然，只要我一起床，母親也會跟著起床，並幫我沖泡咖啡。

母親非義務性沖泡的那杯咖啡，又濃又熱、香氣四溢，滋味好到讓我備受衝擊。過去母親對我的照顧行動完全是出於習慣或義務，現在卻不同了。因為她也要喝，所以才會沖泡的好喝。這就是其中最大的差異。

母親沒有幫我做過早飯，我覺得這樣也好。

相對地有時她會拿出吃剩的麵包或用昨夜的剩飯捏成飯糰，或是我從冰箱拿出用餐館做剩的蔬菜煮成的雜燴涼菜。我們隨意吃著早飯一邊看晨間電視節目一邊聊天。說著一些「味道有點鹹吧」、「拿來當作下酒菜正好」之類的跟母女關係毫不搭調的對話。只因為母親在我身旁，我就感到超過必要的安心。不僅可以放心出門，也出乎意外地沒有情緒失控過。我雖然幾乎都不在家，但因為母親很清楚我的勢力範圍，才能做到井水不犯河水的地步。

母親算是很盡力做好打掃工作，但做的不如從前完善。由於父親喜歡乾淨，母親一有空便東擦擦西洗洗，因此目黑的家總是整齊乾淨，到處亮晶晶的。

母親不再跟從前一樣對我的手機、電子郵件那麼感興趣地偷看。只因為她開始自己敲打手機簡訊，便不再探索我的生活狀態。即便我難得假日出去跟朋友碰面而喝酒夜歸，她似乎也不以為意不會問東問西。

學生時代家裡對於晚上回家的門禁時間管得很嚴。我想她那時候對我的生活會那麼感興趣，可能只是來自於母親這個角色的屬性吧。

早上看著時間快來不及而匆忙換衣服的我，母親口中說出的「路上慢走」，跟她以母親身分時所說的「路上慢走」是不一樣的。

但若問我有什麼不一樣，我又說不清楚。

好像放棄了什麼，似乎只會為今後自己的時間設想一樣。

看到圓潤微胖的母親將肚子的肉堆在牛仔褲的腰際上，上身套著好幾件T恤或運動服，感覺很新鮮。在房間裡，則是將到商店街正中央以年輕人為對象的服飾店買來的上下兩件式男用厚棉家居服，洗曬過後穿在身上。有時候會窩在屋裡，也有積極打扮出門的日子。我一點也不知道母親白天都做了些什麼事。

我們持續過著這樣的日子。

似乎除了那幾件比較適合年輕人穿的T恤和在附近買的Fire King①史奴比馬克杯外，幾乎就沒有再買其他東西了。

原本還很擔心母親會閒得發慌，整天泡在我工作的餐館裡不走，結果卻出乎我的意料。

我頭一次看到跳脫母親框架的母親。

比方說，母親只為她自己買了一個史奴比馬克杯。以前在家中從來沒有過這種情形，她不是一次幫全家三口都買，至少也會買兩個才對。

有時我會納悶難道母親年輕時就是這樣子嗎？學生時期一邊談戀愛一邊打工時，母親也會像這樣窩在朋友的住處一起生活，沒事抬頭望著窗外的天空發呆嗎？

房間裡擺著山田商店買來的小茶几，搭配原有的小板凳。可是母親沒有拿來坐，而是將雙手靠在板凳上撐著下巴，像隻小狗般地坐在窗邊。

「媽，到底妳每天都在做些什麼呢？」我問。

「那是我的祕密。」母親微微一笑說。

「怎麼可以這樣！因為我在哪裡，媽不是都一清二楚的嗎！」我說。

「那裡。」母親手指著窗外。

我看見工作地點的老舊木頭門和三角窗。

「沒錯吧？」我說：「人家就是想問嘛，彷彿母女的身分對調一樣。」

也許是我心理作祟，總覺得母親有點瘦了，肌膚也變得泛青粗糙但年輕許多。母親今天身上穿著淡粉紅色「I love下北澤」T恤，那是在下北澤開店，也實際住在下北澤的知名搖滾樂手曾我部惠一所繪製的。因為尺寸顯得太過緊身，讓我很想開口說「媽，那顏色會讓妳看起來跟肥豬一樣」，但我還是有所節制地嚥下沒說。

①美國Anchor Hocking生產的耐熱玻璃器皿系列。

她到底是哪裡買的那種T恤呢？下半身則是那件常穿的舊牛仔褲。明明天氣已經變涼了，卻還是赤腳。真叫人無法置信，以前母親可是連大熱天都堅持要套上絲襪的人呀！

「有很多方式呀。」母親說：「首先基本上，早上起床後，我不都是先跟好好吃簡單的早餐、悠閒地喝杯咖啡嗎？接著送妳出門，看著妳走進對面的店裡。每次我都能清楚聽見好好大聲喊『早安』的哩。」

「好丟臉喲，就像教學觀摩一樣。」我說。

「能夠大聲跟別人打招呼，就表示不會做壞事。那是真的！所以我每天都覺得很安心。心裡會想說：嗯，好好真是個乖孩子，謝謝老天爺保佑。」

因為母親說話的樣子很認真，讓我有些難為情。

「接著我會稍微發一下呆，才收拾餐桌。這裡不是沒有洗碗機嗎？害我只能用手洗囉。洗完倒扣在那個籃子上面，不擦，自然風乾。」

「因為這裡沒多少餐具嘛。」

「然後我會簡單地打掃一下，只需用雞毛撢子、掃帚、畚箕和抹布就行了。簡簡單單真是輕鬆！我也會清洗廁所。雖然日式馬桶很辛苦，誰叫我是寄人籬下的身分，沒辦法只好忍耐著做囉。」

「說的也是。」

「然後打開手機確認簡訊，因為之前已經跟想要聯絡的朋友通知過我跟女兒住在一起的消息。而且也拜託了老家的管理人幫忙收宅配等雜事，所以偶爾也得回去看看。畢竟有時會收到生鮮的東西。現在已經不會再看到妳爸的鬼魂了，大概是因為我的心情變好，所以看不到。或者應該說是，如果始終抱著陰沉的心情在老家生活，搞不好過一陣子我也會走進同樣的世界呀！」

「偶爾也該找我陪妳一起回家看看才對嘛！管他有沒有鬼魂出現，我想爸應該也很想跟我見面吧。」我說。

「嗯。下次要是收到生鮮東西或是遇到管理會要開會等非回去不可的的事情，就一起回去吧！現在的我還不想回去過夜，但以後要是妳跟男朋友有需要的話，盡管回家住沒關係。因為我會擔心，記得跟我聯絡，媽只是有點擔心啦。對了，妳不是說要用自己的手藝鎖住男人的胃嗎？打開家裡很貴的紅酒來喝也沒關係的。我沒有關掉藏紅酒的冰箱電源。前不久我拿來一瓶跟朋友們喝掉了，對不起，沒跟妳說一聲。」

「那時候看到空瓶我就知道妳一個人喝掉了整瓶好酒，誰叫負責倒垃圾的人是我呢！不過我現在忙得很，哪有時間外宿呢！」我說。

「妳媽我以前在爵士咖啡廳打工時，每天都有客人是因為我來的，當年我可是很搶手的！」

母親說話的樣子顯得對我的辯駁不太認同。

「之後到了中午，我會一把抓起錢包、鑰匙和手機出門。

首先到附近新榮商店街（Pure Road）的One Love翻翻不知道是要賣的，還是老闆阿服自己的舊書，同時跟他聊聊天。我們聊的多半是以後要做什麼、自己已經不行了，完全跟不上時代之類的話題。

然後聊園藝。比方說要如何讓睡蓮開花啦？因為他說明年春天重新下種時要分我一些幼苗，我想應該可以在這個窗邊種些蓮花。這一帶有個對蓮花很熟的丹羽先生，是個很帥的花匠。他答應我要來家裡幫我用施過肥的泥土種植蓮花，我好期待喲。夏天看到窗邊長滿大朵的蓮花，一定會覺得很清涼吧。就在我們東扯西聊之際，阿服總是會端出沖泡得又香又濃的紅茶，為了表達謝意，我會幫他打掃一下店面。」

「妳什麼時候起和那位大叔混得那麼熟了？」

居然還提到明年？難不成母親打算要在這裡住很久，我不禁驚訝地反問。

「因為大家都是鄰居呀，年紀又相仿，經常走動自然就認識了。

接著我會去日本茶館，跟店長理惠和店裡養的小烏龜打聲招呼，然後每天點不同種類的日本茶，坐下來搭配煎餅或是甜點慢慢品嘗。不然就是去咖啡廳點一杯特濃咖啡，搭配塗滿鮮奶油的肉桂吐司吃。如果那天泰國菜餐廳有賣商業午餐，就會去點青木瓜沙拉和糯米飯來吃，那裡的美雪主廚做的泰國菜最棒了！總是當場研磨香料幫我做餐，讓我有生以來頭一次覺得原來泰國菜這麼好吃。她和你們餐館的美代都是這一帶頂尖的廚師。

以上就是我午餐的大概情況。我也很喜歡到洛克桑（Roxan）點披薩套餐來吃，另外拉貝魯帖（La Verde）的披薩也很好吃。我一個人就能吃掉一整片。偶爾也會花大錢到飛鳥吃日式套餐。對了，最近我開始一點一點地讀起了《追憶逝水年華》，以前根本讀不下的。當然書是跟阿服借的，整套只收我兩千圓。人家又不是開租書店卻肯借我，所以我走時主動放下了兩千圓。

另外，我也知道這是很三八的舉動，可是當我知道作家藤谷治①出了新書，立刻就跑到他經營的Ficciones書店買書，就在漢堡店附近的二樓，當場請他簽名，然後心情雀躍地衝進三毛貓舍咖啡廳一口氣讀完。再寫信訴說感想，偷偷丟進Ficciones書店的信箱裡。那真是一種奢侈的樂趣呀！藤谷先生不但小說寫得好，人也長得很帥氣，聲音清澈響亮，說起話來很有意思。氣質又好。最重要的是頭腦非常聰明，手很大很漂亮。簡直就跟他小說中的男主角一樣充滿知性與風趣，我已經完全是他的書迷了，想到整個人就酥麻了起來。好想跟那種感覺的人結婚喲！

藤谷先生書店後面的大樓裡，有年輕老實的廣田先生開的泰式按摩沙龍。我在那裡看到廣告單時立刻就決定一試，結果讓年輕人舒展自己的身體，居然會有種變年輕的感覺耶。我平常幾乎是不會花那種錢的，剛好因為頭痛去一次就立刻見效，所以才開始去。好好妳不是常說腰疼嗎？下次疼的時候不妨去做看看。媽隨時都可以幫妳介紹。

還有就是到大麻堂買很誇張的T恤，有時也會買化妝水。那家店的人外表看起來很勁爆，其實人都很好。我也去過他們的姊妹店餐廳吃過麻葉套餐。聽說對便祕很有效。

就這樣一天很快就過去了。而且不管走哪一條路線，幾乎都不太花錢的。

---

① 藤谷治（1963-），著有《行板・莫札瑞拉起司》、《下北澤》等。

有時候我還會一路走到三茶的大型蔦屋連鎖二手書店，或是去買當地有名的天然酵母麵包。偶爾咱們早餐桌上不是有吃過嗎？就是那種口感很濕潤的葡萄乾麵包呀。我也會去凱羅特塔（Carrot Tower）後面的時髦咖啡廳喝咖啡、吃豆子做的甜點。像這樣整天都在做些跟旅行很像的事情，就會有完成一件大事的心情。

總之我隨時都會故意走得很慢很慢。就像學生一樣地慢慢走。因為我現在唯一擁有的就是時間嘛！」

「聽起來好像很好玩！而且很優雅……」我羨慕地說。

「妳不覺得一天的時間，在將近傍晚的時候會變得特別漫長，一旦夕陽西沉後突然又流逝得很快嗎？我最近才找回那種感覺，變得可以每天都能有所感受。

我開始可以感受到時間不斷地延緩，像年糕般越拉越長，然後突然一下子縮回的界線在哪裡，而且每天都很期待那種感覺，樂此不疲。

小時候在家裡經常會有那種感覺的，長久以來我卻忘得一乾二淨。

如今正是那種時期。相隔多年，我決定什麼都不想地慢慢觀望著這一切。

雖然變成了一個人，但如果待在家裡，我可能會跟以前一樣過著好像妳爸爸還在的生活。就像跟鬼魂相依為命似地。把鞋子排整齊、打掃內外、連妳爸的飯菜都做好、吃不完就冰起來、過了一個月後再整裡冰箱裡的食物，心情像機器一樣。

在老家那裡當然也有我常去的店和往來的朋友。在他們眼中的我跟幫許多知名歌手演奏的鍵盤手結婚，生了一個女兒。然而在這裡，我什麼都不是，只是一個憔悴潦倒的中年婦女。可是這片土地接納了這樣的我。

我也不是每天都有好心情，當然也會有時候抓著頭問自己我到底在幹什麼？不管做什麼事都提不起精神，心情很煩躁，或是雙腿沉重不想動。也經常會有什麼都無所謂只想整天賴在床上的時候。但只要心情還不錯的日子，就會有那種感覺。感覺到時間的快慢伸縮。話又說回來，如今我能像這樣侃侃而談，就表示已經沒什麼問題了。我這個人幾乎沒經歷過驚天動地的失戀，一下子就跟喜歡的人結婚，也幾乎沒嘗過婆媳問題的苦頭。像這樣長期以來心情沉悶無法穿越的狀態，大概只有在失去雙親的時候吧。不過那時候因為已經沒有跟父母同住，所以不會有像現在日常生活被破壞的情況發生。彷彿身體的機能也已經忘記了心情低落的系統似地。」母親說。

「說起來我也不是這裡的居民，也無意搞什麼抗議行動。只是萬一車站前的大樓要重建，那些在裡面工作的人們，儘管現在一碰到面會打招呼，但他們應該很快就會轉移到別的地方不見人影吧？他們應該會改到別的店上班或是立刻辭掉現在的工作吧？感覺上今後將無法聽到他們聊著食材是從產地以冷凍方式送來、今天最得意的採購等話題，還有挑戰新菜單失敗的經驗談等。當然這些都只是我的想像而已。

人跟人的相識需要時間；尤其想更進一步認識自己有好感的人，更是需要時間。一旦情勢轉變得太過快速，無從了解對方的本質時，豈不令人擔心呢？

還好這裡的人們多半是長期居住在此，而且跟我的年齡層也相去不遠。該怎麼說呢？總之我可以不必裝模作樣，真實地展現出自我。

當然我也知道這樣有些騙人。畢竟我也不是辛苦賺錢才得以住在這裡的。」

「才不是騙人呢！媽像這樣子生活，不僅隨時都腳踏實地，同時也反映出藏在背後的事實。媽一直都在照顧爸、養育我，也努力扮演好管理家計、操持家務的角色，因此今後像這樣子生活又有什麼不可以呢？就連現在，我們像朋友般住在一起，但其實我受到媽的幫忙很多。」我說。

「好好，妳真是個乖孩子。基本上妳肯聽我又臭又長的嘮叨，我就很感激了。因為我若是一個人住，所有的嘮叨無處發洩都堆積在腦子裡，簡直都快爆炸了。」母親說：「可是如果我真的扮演好自己的角色，那妳爸為什麼會遭到那種死法呢？」

「我要再一次告訴媽，妳錯了。而且不管說幾次都可以！」我說：「爸是好人，我很愛他，而且他也很努力賺錢養家，他會有那種死法，一點都不是媽的錯。我雖然不知道爸心中真正的想法是什麼，既然他不喝酒、不玩女人、不泡夜店也不賭博，對於名聲自然也無所求。只能說那樣的爸太過老實了。就是因為太過老實，一旦有了外遇，自然也就無法抽身。」

「妳爸的朋友們也都不知道他有個感情那麼深的女友。」母親說：「起初還以為大家是為了我或妳爸而故意撒謊說不認識對方，沒想到大家似乎說的都是真話。都說在表演現場從沒見過那個女人，就連慶功宴的酒館老闆也說沒印象。到底對方是誰呢？搞不好他們從很早以前就開始來往了吧？」

「說不定因為是親戚，所以彼此認識吧……直到最近才舊情復燃，一時意亂情迷而殉情？誰叫我們根本就不想深入了解爸的感情事，直接就把記事本、筆記、書信等都給封箱了。」我說。

「妳爸怎麼可能連電話都沒打給我們就死掉了呢？唉，只能說運氣太差，居然忘了帶手機。但也說不定是他故意忘了帶呀？明知道多想無益，卻還是會胡思亂想。」母親說：「總覺得妳爸在緊要關頭總是不得要領，運氣特別壞。話說回來，就算他在外面談戀愛，最後卻會因為那種事而一走了之，可見我們真是太輕忽他了吧？」

我點點頭，母親接著說：「一想到這一點，我就不得不繼續過這樣的生活。不過我不是抱著自我懲戒的心情，應該說是一種復健吧。何況我還有好好在。要是沒有好好，或是好好說要自己一個人生活而拒絕我，說不定我意志會更消沉。謝謝妳答應讓我一起住。」

當然我會那麼做，畢竟想到萬一母親自殺了該如何是好，我就無法拒絕。相信在母親眼中，我始終都還是個孩子。一個無條件接受父母、願意一起生活、想要討父母歡心的小孩。就算她言語上可以認同不同意見，但內心肯定還是無法接受吧？即便是我自己，也不敢想像在這自立自強的表象下，其實礦脈跟母親的關聯有多深。目前最重要的就是不要胡思亂想地平靜過日子。

「媽，目黑的家妳打算怎麼處理？」我問。

「現在沒有心情想那些。」母親說。

住在目黑時總是定期到美容院保養的長睫毛，如今連睫毛膏也沒刷而顯得有些粗糙。但不知為什麼母親的輪廓反而變年輕了，也變得更清楚。

「我當然不打算長久住在這裡，只是現在還無法想像回去那裡住的自己。」

「如果能問問爸的意見就好了。」我說。

我是真心那麼認為。

原本只要爸說好的話，就能立刻賣掉老家，一切重新開始。偏偏爸死得不明不白，讓那間屋子變得好像棺材一樣令人喘不過氣來。

「的確也是，如果能夠那樣，心情也能輕鬆許多。然而像這樣想不透理還亂的時期，或許也有其重要性吧。」母親說。

我不禁暗自佩服，大人的想法果然還是比較成熟。

「整天逛街買東西、上美容院保養的貴婦般生活，說穿了不過只是為了填補無法滿足的性慾罷了，不過只是一種發洩而已。」

「媽！妳怎麼這麼說話呢？未免太過真實得有點嚇人！」我說。

「因為真的就是那樣子嘛！不過呢，說不定妳爸最後也想好好綻放一次吧！雖然從事光鮮亮麗的工作，但他一路認真走來。也許他應該當個公務員會比較好吧。

話說回來，貴婦的生活其實很空虛。嘴裡吃著美食套餐，只不過是在亂花老公賺的錢罷了。我雖然沒有亂花老公的錢，但用娘家的錢，也是一樣的。那些所謂的高級葡萄酒，也都很虛無，沒什麼意義可言。雖然偶爾也會有美好的感受，但還是很空虛。因為明明存在著精神上的飢渴，卻要用其他東西在瞬間維持住假象。而且到了這把年紀，幾乎朋友也都沒有住在身邊，難得碰面。」

「我還以為媽打從心底很享受富裕的的生活呢！還以為妳跟爸的關係穩定，已經進入不同的時期。」我說。

就某種意義而言，過去的母親就像活在圖畫的世界裡一樣完美。

「這麼說來，身上總是穿著洗衣店剛送回來的鬆軟上衣和燙得筆挺的裙子。還有即便只是出門到附近走走，也一定要帶在身上的愛馬仕包，那意義幾乎跟書包沒什麼兩樣。如果當貴婦也有教科書的話，媽的樣子給人的印象就是『年過四十，多少懂得如何打扮自己，過著富裕的生活。努力打點好自己，不要丟了老公的臉。一個禮拜至少到外面吃一次法國菜或義大利菜。經常受邀出席熟人或朋友辦展的開幕酒會』。」

「聽妳這麼說，我不禁覺得有些火大。」母親說：「可是自己好像也的確嚮往過那樣的人生。」

我甚至懷疑母親可能連一件T恤都沒有。只是到附近買個東西也必須先化上淡妝才行。從來沒有不穿襪子就出門。頭髮不是紮緊綁好就是洗過或輕微燙個捲度。

「究竟是從什麼時候開始變成那樣子的呢？不能說是目黑的錯，也不能說是好好上私立高中後，受到其他媽媽的影響。只能怪自己的不對。總以為自己無法做好角色扮演，卻在不知不覺間中毒已深。不對，說中毒太誇張，應該說是在日常生活的壓力下，精神也想找個放鬆的出口吧！」母親說。

「總以為人們一開始有的想法會根深柢固留在腦海中，但我卻在某個時間點忘卻了，完全不記得過去的事。啊，對了，演員竹中直人不是經常會去妳的店嗎？」

「那不是我的店啦！沒錯，他常來。個性很害羞，很有禮貌。」因為話題轉變得太過唐突，我有些吃驚地回答。

「前幾天從外面看到他坐在吧檯前的座位時，突然想起來了。我小時候對他的太太木之內綠十分憧憬，真心地期盼過長大以後要成為像她那樣的女性。」母親說話的神情很認真：「雖然我也知道彼此的型完全不一樣。總之就各方面來說，她對我而言是很遙遠的存在。」

我聽了又是一驚，因為以前從來沒聽說過。

「那是真的。我覺得沒有人比她更可愛更漂亮了。她的唱片我全都買了，甚至房間裡也貼著她的海報。我很想緊緊抱住竹中先生跟他說這些事，但是我不敢。當年木之內綠被英俊瀟灑的後藤次利給騙走時，我看著電視機在心中吶喊『不行，不要跟他走！可是妳的心情我了解』。」母親說。

「媽，妳千萬別那麼做！」

我是真的很害怕。感覺母親一旦豁出去了，似乎什麼事情都做得出來。

「那些曾經帶給我力量的人與東西，我居然一個個都給遺忘了。」

「媽，那樣雖然不對，但俗話不是說『女人會隨著男人變色』，或許是因為妳受到爸的影響太深了吧？」我說：「其實不管是目黑的貴婦形象、成熟性感的女人味還是循規蹈矩的行為舉止，這些都是祖母所擁有的特質。」

「妳的意思是說媽被妳爸的戀母情結給害慘了嗎？」

「不，我是覺得受到影響的媽也有責任。媽原來應該算是天真可愛型的人吧？爸的身邊都是充滿搖滾風格的女人，而他一直都很嚮往祖母那種類型的女人，也很希望媽能變成那樣，從小也拿我當成名門閨秀教養，加上那一段時期爸很能賺錢，或許在不知不覺間媽只是跟著配合罷了。」

我連忙上網搜尋木之內緣的資訊，並透過YouTube找到影片，一邊看著她那超乎尋常的可愛模樣一邊說出自己的想法。

母親也很認真地盯著電腦畫面上的木之內緣，試圖找出自己的原型。

「也許有那種可能性吧，但到底是在哪裡出了錯呢？所以我該怎麼辦才好呢？我是否該去找竹中先生問個清楚？問他我和木之內緣為什麼會變得如此不同呢？」母親說。

「不行，那麼做絕對是不行的！」我說。

「我知道啦，別那麼緊張兮兮的！」

母親終於露出笑容。

「不管妳要做什麼都可以，就是不能對客人做出奇怪的舉動。他的個性靦腆，只怕以後就不再上門了。」我說。

「不過呢，妳店裡的主廚美代倒是真的很不錯。」母親說：「通常對於員工的母親到店裡，心裡一定覺得很不樂意吧。可是她完全不會給人那種感受，相反地也不會過分熱情的接待。有時候我甚至會忘了妳在那裡工作。當然啦，我會盡量利用妳休假，另外一個森山君負責看店時才去。」

「什麼？原來媽都趁著我難得的休假到我工作的店裡去？」關於這一點美代姊一句話也沒提過，所以我很吃驚地反問。

「是呀。低聲下氣地要求讓我坐在櫃檯前的位置，只點了熱茶和雪酪。天啊，味道真是棒極了，插在上面的柳橙脆片，聽說是妳做的？」母親說。

「對呀。我都是利用早上或是傍晚的空檔一片一片認真地烤。不過，算了。這種事我居然毫不知情！」我說。

「因為有妳在，我就不方便過去了呀。」母親說。

「算了，既然是客人，任何時候妳都可以來。」我說。

對於母親，最近的我似乎很快就會放棄己見不再堅持。

「那時候去巴黎，跟妳父親三個人也一起吃過，好懷念呀，雪酪的滋味。那是我們一家人最美滿的時代。能夠生活在那個時代真是太好了。我們像鄉巴佬一樣也走去了雙叟咖啡廳，牆上果然有兩尊中國人像。之後我們跟著妳爸爸去逛HMV（連鎖唱片行）後，還爬上了凱旋門。」母親瞇著眼睛回憶往事。

「嗯，腿走得好瘦喲，那一次。因為爬了很多階梯。」

「那是叫做放射線狀嗎？從高處看著馬路伸展到遠方，十分壯觀。感覺自己好像變成了拿破崙一樣。」

「媽一定是把歷史情懷和自己心情混雜在一起，才會有那種奇妙的感覺。」

我笑說。

「會嗎？又有什麼關係，反正是我個人的胡思亂想。之後又跟著妳爸去賣黎巴嫩捲餅的店站著用餐。妳爸說那裡的蒜頭很夠味很好吃。」母親說。

「我們這一家有過太多美好的回憶。」我低喃。

那一次旅行的點點滴滴回憶就像巴黎陰霾的天空在我們之間瀰漫出芳香。我們一家三口的腳步的確在異國的土地留下了當年的足跡。

「是呀，如果要說有什麼不好的事，最後的殉情事件應該算是最壞的吧。沒有比那更糟的了。也不知道是哪裡出了錯，不知不覺問走偏了，突然被丟到現在這種情況！」母親笑著說。

這樣的對話已經變成一種儀式，幾乎就像是念經。

提起一段回憶，然後沉浸其間。

彷彿舔著好吃的糖果一樣，我們聊著那一天的巴黎、彼此的走路姿勢、那天晚上的交談、關於飯店房間的種種，盡情呼吸著當日的空氣。然後又回到現實，心情變得有些難受。

我不禁想著：還要再經過幾次這樣的交談，我們才能往前跨一步呢？

明明父親和母親可以不離不棄相依到白髮，我結婚後也能一邊工作，生了小孩還能偶爾回目黑的娘家玩。

如今父親是否仍在目黑那間空蕩蕩的屋子裡彈奏鋼琴呢？該不會自己一個人吃著泡麵吧？會不會跟往常一樣漫不經心地左右腳穿上不同顏色的襪子呢？一想到這些，胸口就糾結在一起。真是可笑，父親都已經過世了。

我甚至認為如果父親真的愛那個女人，應該就不可能變成鬼魂回那個屋子吧？但我知道只要一提及那個女人的話題，好不容易因為聊著往事而精神稍有好轉的母親就會表情僵硬，所以我不敢開口。

那是一種什麼樣的心情呢？始終都在身邊的男人居然和別的女人一起死掉了。

我只知道失去父親的悲痛，因此母親應該也無法體會失去父親的我的心情。母親真正的心情只有她自己才知道。

懷抱著那份孤獨感，遊走在下北澤的商店街裡跟人們交談，彷彿為繪製新的人生地圖而笨拙地一步一腳印生活下去，我覺得母親那樣子很偉大。做法雖然奇怪，可是我能理解。看著母親不會太過積極也不至於消極的態度，不禁覺得她是一個好女人。

那天晚上父親出現在我的夢裡。

夢中父親在家裡尋找東西。我剛好回家拿東西，打開門鎖，從玄關走進屋裡。用力推開沉重的門扉時，發現燈開著，便很自然地開口問：「媽，是妳嗎？」

玄關的鞋櫃裡整齊排放著母親Ferragamo和Gucci的名牌鞋。還有我的卡駱馳（Cross）鞋和父親的CONVERSE長筒布鞋。我常想從玄關的鞋櫃就能看出一個家庭的歷史。只要鞋子在，就表示那個人今天還住在這裡。

不知道為什麼我覺得玄關的燈光特別明亮。

那是母親逛街看到喜歡而花大錢買下的小型威尼斯水晶燈。五彩繽紛的燈光顯得十分刺眼。

因為聽見裡面有聲響傳出來，我探頭一看，只見父親從房間裡走了出來。

「啊，是好好呀？我還以為是媽媽呢！」

「媽不在家嗎？」

「嗯。」

「她不是在下北澤嗎？」

「下北澤？」

父親的神情一變，顯得有些悲傷。

「倒是爸在這裡幹什麼？今天不是應該住在工作室嗎？」

「嗯。因為找不到，不放心所以才回來。」

「什麼東西？」

「我的手機。我想打通電話跟妳媽聯絡。」

「原來是手機呀。」我說。

很想說聲「我幫你一起找」卻說不出口。不禁納悶為什麼會這樣？

咦，手機……怎麼回事？不是已經掉了嗎？可是怎麼會這樣？一想到這裡，一陣悲楚就從喉嚨湧上。不對，正因為不知道是怎麼回事，所以才要幫忙一起找不是嗎？

我懊惱地看著腳下，突然間急得迸出了淚水。我─幫你─一起找。不過就是這麼簡單的一句話，為什麼說不出口。好像有人按住了我的喉嚨似地。

儘管我心中吶喊著「爸，不要一個人找！看著我！」，父親卻始終背對著我尋找手機。

帶著極其悲傷的心情，我在黎明時分醒來了。

醒來時我雖然沒有哭，但被窩裡的雙手卻緊握著。

旁邊的母親睡得正香甜。身體蜷縮著，浮現出背部的線條。看到母親之後，我又安心地入睡了。

認識新谷先生是在那個時候。

我和母親一起生活了好一陣子，工作也做得很順手。餐館打烊後，也能心情輕鬆地一邊喝著犒賞大家的酒一邊收拾善後。準備明天需要的食材，甚至已經熟悉到不必翻閱記事本確認。

「只有我一個人，時間上還可以嗎？我可以坐在櫃檯前的位置。」

戴著眼鏡，雙腳的肌肉緊實。看起來像是喜歡音樂的人，而且不是龐克或重搖滾類的音樂。皮膚白皙，下巴方正，穿著整齊，外觀顯得很清爽卻給人有些憂鬱的感覺。他一走進店裡的剎那，我確實以為：

「咦？是爸嗎？」

仔細再看卻又一點也不像。

如果硬要努力找出兩人的相似之處，大概就只有稍微駝背的特點吧。

「距離最後點餐時間還有十分鐘，可以嗎？桌子的位置也可以坐的。」我說。

「那我選擇桌子的位置。」他說。

原來如此，是聲音很像！我心想。都是清澈響亮、感覺很柔和、有些沙啞的聲音。可不可以再說一次呢？我心想。

他點了一杯香檳和豬肉醬搭配麵包，吃得津津有味，令人看呆了眼。不是機械化的動作，也不是風捲殘雲的狼吞虎嚥。吃相如此豪邁，大概只有人稱美食之王的來栖啟①可以比擬吧？這麼說來，他的外貌倒是跟那個人有點像。

他在店裡只待了整整三十分鐘便離去。

我閉上眼睛回味他離去時說「謝謝，很好吃」的聲音餘韻。真是好聽的聲音！感覺好懷念的聲音！

他的確是個讓人印象深刻的客人。

一個人來這種店，肯定是為了跟女朋友約會先來打探環境的吧，我心想。

然而下一次來，他依舊是獨自一人。一樣是在快要打烊的時候上門，用完一盤非洲小米和一杯紅酒後就回去了。

我不知道該如何形容他用餐時給人的美好感受？彷彿就像是在欣賞茶道的泡

---

①来栖けい。

茶儀式。一動接著一動，絲毫不見多餘的舉動。速度不急不徐，卻充滿氣勢。

關於這一點，美代姊和我的看法一致。

「看那個人吃東西的樣子，感覺很舒服，或者應該說是很有成就感。」他第四次上門時，美代姊說。

我心想好個美代姊，她整天待在廚房裡，其實隨時都在關注店裡的狀況。他通常會點一杯香檳或紅、白酒搭配一盤主餐和麵包吃，很少點茶、咖啡和甜點。

奇妙的是只要待在餐館裡，就會專心注意起人們用餐的樣子。

一天又一天的觀察之後，漸漸就能看出客人肚子餓的程度和性格。也逐漸學會該在什麼時候用什麼方式跟客人說話與提供服務。一開始會繃緊神經確認每一個項目，久而久之便多少能讀透客人的心理狀態。比方說那個客人還想喝水、現在還不可以把茶杯撤走、最好上前問看看是否要加點飲料之類的。

逐漸學會的過程是最有趣的。

起初只是單調地重複相同的動作，有一天突然看懂了一切。就跟英文語練課突然聽懂了錄音帶內容的感覺完全一樣。

我知道在這個世界上有這種增長的力量，但同樣也會有等量的力量退減。明明是等量，不知道為什麼我卻覺得增長的力量比較大。

然而畢竟我是女人（說女孩，我的年紀太大，雖然還很稚嫩），因此可以無視於退減的力量。一如沒發生過這回事、一如清洗馬鈴薯、一如拔庭院的雜草一樣，我還是可以活動身體繼續使用其他的力量。

每一次他來，我都很專心地觀察他的吃相為什麼如此吸引人，也都看得心蕩神馳。我很期待享受那種心蕩神馳。

當然我並沒有將那份情感表現在外。一旦我跟獨自前來用餐的客人說「你的吃相很好看」，對方一定會覺得不好意思從此不敢上門吧。他常常會帶書來，利用等待上菜的時間閱讀。餐點一上桌，他便闔起書本。這一點也很棒。我也很喜歡他接著一定會輕輕說聲「我要用餐了」。

說不定我早已暗戀上他了。

有一天傍晚，我利用午休時間回住處時發現母親不在，於是我又出門前往位於南口商店街正中央的馬爾地夫咖啡專賣店，買咖啡豆順便外帶咖啡歐蕾回來喝。那是一間店門口烘焙咖啡豆、店裡面賣咖啡豆的老店。漫步在南口商店街時，總是能聞到馬爾地夫的老闆用粗壯的臂膀烘焙咖啡豆所飄散出來的濃郁芳香。當時的感受始終未嘗稍變。直到今天，喝到這美味的咖啡，心中還是會湧現為自己加油的希望。

那是一個冷空氣彌漫的秋天。

我輕撫了一下餐館旁邊的櫻樹樹幹後便走進了商店街。

我想起了這棵櫻樹在春天繁花盛開時，會將我們店外的咖啡色牆壁暈染成粉紅色，也會讓這一帶呈現出不同於平常的甜美氣氛。經過的人們都會露出笑容抬頭仰望繽紛的櫻花。就好像抬頭看著電影銀幕，沉浸在愉快劇情的幸福觀眾一樣。

雖然清掃花瓣很辛苦，但因為美麗也就不以為苦。也因為曾經欣賞過繁花盛開的景象十分感動，所以即便變成一樹綠葉或是嚴冬經過時，仍會伸出手輕撫一下樹幹。這已經是我的習慣了，撫摸樹幹的瞬間會讓我真實感受到自己就住在這條街上。

我經過那裡繼續往南口的商店街走去。

走進馬爾地夫買了母親最喜歡的厄瓜多爾產的有機咖啡豆。點了咖啡歐蕾等待裝好時，突然新谷先生走了進來。

「妳好。」他看見我立刻打招呼。

我心想能在這裡相遇倒也不能說是太意外，並露出跟在店裡一樣的表情微笑回應：「你好。」

他選購了咖啡豆，我在一旁聽著。心想原來他喜歡的是用紙濾包、單孔濾杯、有酸味的卡那咖啡豆。

「請問——」他突然面對著我一臉正經地問：「如果我弄錯了，請見諒。妳該不會是井本先生的千金吧？Sprout樂團的井本先生。」

「嗄？」我驚訝地叫出了聲。

我的聲音甚至讓正在用大型機器烘焙咖啡豆的馬爾地夫老闆抬起頭來關注。

「沒錯。你認識我父親嗎？」我問。

「請容我表達哀悼的心意。」他說。

「我姓新谷。開了一家夜店，妳父親他們定期會去現場演奏。」

「原來如此。你說是定期的現場演奏，所以應該是在新宿囉？」

「是的，沒錯。」新谷先生說。

「你很喜歡音樂吧？」我說。

「我不是很懂井本先生他們所演奏的那種很成熟、很有英國味道的搖滾音樂，但很喜歡日本的獨立樂團。我開的夜店，有過許多那種樂團前來演奏。第一次偶然踏進妳工作的那間餐館，是在Lady Jane聽完爵士演奏的回家路上。當時就心想這個女孩我在哪裡見過。同時也馬上想起妳和令堂來我店裡找妳父親時，我們曾經交談過。」

「啊，的確有過。感謝你讓我父親能夠長期表演，沒想到他因為那種事情過世，連樂團也解散了，造成你的遺憾真是不好意思。」

「關於那件事……。」

「怎麼了嗎？」

「我其實很猶豫。我一向很能記住別人的長相，只要見過一次面就不太會搞錯。所以我馬上就想起來妳是誰。」新谷先生說。

「真令人羨慕！像你這種人才應該開店。」打工初期利用肖像畫想記住熟客名字卻吃盡苦頭的我有感而發。

「我有呀。事實上那間夜店最早是我父親開的，現在我是店長。」

他笑了。齒列不是很整齊，但是很可愛。

「唉呀，我一點都不知道，真是失禮。看你這麼年輕，已經很有成就了。」

「我只是繼承父業而已，感覺就跟菜市場的魚販沒什麼兩樣。」

我們靠著店裡一角用橡木桶做成的桌子，一邊喝著咖啡一邊聊天。但是在這之間不斷有人來買咖啡豆、買外帶的飲料，感覺很熱鬧擁擠。

自然而然我們決定離開那裡找個可以安靜聊天的地方，便跟老闆打聲招呼走出馬爾地夫。

「我們去哪裡？」

「咖啡已經喝過了，不如到Chakatheka喝茶吧？」我說。

為什麼跟這個人聊天可以這麼輕鬆自在呢？是因為他跟父親很像的關係嗎？儘管說話的時候不太露出笑容，但是語尾會說得很清楚這一點讓我想起了父親，所以感覺很親切。

「我沒去過那裡，很想去看看。」他說。

穿過車站另一頭的平交道，走進煎餅店旁的巷道，撥開人群一路往前行，來到巷子口就是那間小餐館。店長田中先生推出了家庭口味的民族風料理。那種吃再多也不傷胃的菜色是之前還無法消受重口味飲食的母親所喜愛的。我休假日想要外食時，也經常會走一段路來這裡用餐。

下午茶時間，這裡有真正好喝的茶和香蕉蛋糕。

剛搬來的時候，母親吃過一次，因為太好吃了，所以跟田中先生交涉，說是要慶祝搬新家請他烤了一整條，讓我們母女倆吃得很盡興。

我們一邊喝著啤酒，一邊攪拌出滿滿的啤酒泡沫當飯吃。

田中先生個性內斂，乍看之下好像很兇，內心世界卻充滿了人情味。當母親說明剛遷居來此的經過後，他不但答應讓出半條，最後甚至整條蛋糕都免費贈送給我們。

當時的我還有些畏畏縮縮，從沒想過居然能跟母親兩個人有那麼愉快的時光，盡情分享一條蛋糕吃到肚子脹痛，感覺很不可思議。我們並沒有瘋過頭，也不是十分沮喪，只是很自然地靈機一動，彼此分享而已。然而住在目黑時，我們似乎會很刻意地不敢那麼做。搬到這裡後，任何事情都變得可行。

由於田中先生不在，只好拜託打工的大姊幫我們安排靠近外面的吸菸區座位。沒錯，我有些失望我們並不是在約會。在這午休時間的幾個小時裡，我們只是心情沉重地聊著父親生前的往事。

「如果會影響妳的心情，我很抱歉。」新谷先生說。

「不會的，沒關係。」我說。「關於我父親的事，我都想知道。」

「那我就直言不諱了。報上有登出跟妳父親一起殉情的女人照片吧？長得還算漂亮。」新谷先生說。

「嗯，因為很不喜歡，所以沒有仔細看過，沒想到印象反而更深刻。」我說。

「我只有一次在店裡看到過那個人。」新谷先生說。

「是嗎？」因為我聽說對方從來沒出現過，所以很吃驚。

「沒什麼存在感，一點也不起眼，不太引人注意，卻反而讓人印象深刻。

所以我才會忍不住問了跟妳父親一起搞樂團的鼓手山崎先生。我以為他或許記得對方也說不定，也假裝不經意地問過其他人，結果大家都沒印象，只有我還記得那個女人。

她是那種看了會令人害怕的女人。之後Sprout樂團每個月定期來我們店裡演奏，那個女人就沒有來過。這一點我敢肯定。我不記得井本先生當時是否有跟她說話。那是發生在井本先生和那個女人一起殉情的一年前左右。還有別人知道那個女人曾經來過夜店的事嗎？」新谷先生說。

「沒有。我母親和警方都不知道。」我說。

「當然她和妳父親之後開始交往是不爭的事實，因為兩人都已經死了，應該也不會被當成刑事案件進行訴訟吧。不過知道這件事情與否，對家人而言，將會產生完全不同的觀感。所以我認為應該先告訴妳才對。」新谷先生說：「我知道這麼做有點唯恐天下不亂，也很多管閒事。」

「為什麼我父親連一向走得很近的山崎叔都沒有商量，或是介紹對方讓他認識呢？」我問。

「妳父親好像有找他商量過心事，只是他說實在無法將那個令人印象深刻的女人和殉情的對方畫上等號。而且要不是我談起這件事，他哪裡會想起來，根本早就忘得一乾二淨了。可以確定的是，井本先生要求他不要跟妳們提起自己在外面有女人的事實。

因此山崎先生說他無法親口跟妳們說，可是有機會的話，已經察覺實情的我倒是可以說出來。山崎先生同時也擔任其他樂團的鼓手，常來我的店裡表演，所以我們很熟。他曾經表示過：事到如今再說些什麼也改變不了什麼，所以不說也無所謂吧。因此今天會說出來，完全是我個人的意願。」新谷先生說。

他的話語之中充滿了父親在世時的濃厚氣息，叫我懷念不已。

我茫然地望著餐館外的小路。遠處的路上有許多年輕人來來回回穿梭著。商店街的裝飾彷彿是泰國或尼泊爾的節慶，五彩繽紛隨風搖曳，十分熱鬧。

「既然父親都已經過世了，其實也沒什麼好計較了。」我的語氣顯得有些無奈：「不過多少能聽到跟父親有關的事也很好，謝謝你，新谷先生。」

「不……我沒有別的意思，只是覺得換成自己，應該會想知道吧。」新谷先生一副充滿歉意的樣子。

「聽警方說父親和對方其實是遠親。父親的妹妹嫁到茨城，對方應該是她先生的姪女吧？當然我們和姑姑之間的往來只是偶爾見面的親戚關係，甚至連姑姑也沒有見過那個女人。

過世的時候，由於父親喝了許多平常也不會喝的烈酒，或許兩人之間有過關係很緊張的交談。不過談的內容為何，沒有人知道。會是金錢上的問題嗎？警方還告訴我們那個女人並沒有懷孕。」我一邊看著捧在雙手裡的茶杯一邊說。

「我有些後悔那個時候為什麼沒能幫上忙。因為那個女人讓我很在意。不是說她做了什麼，而是她令人印象深刻。她是那種個性陰鬱會連累無辜的人。」新谷先生說。

「說不定那個女人頭一次跟妳父親搭訕就是在那天晚上。要是我早點跟妳或是山崎先生商量這件事就好了。雖然知道那是不可能的，卻還是忍不住那麼想，也好幾次走進妳工作的店裡。不過每一次我都說不出口，畢竟無法改變已經發生的事情，自己簡直是多管閒事。

然而因為那裡的餐點很好吃，妳又工作得很快樂的樣子，讓我不禁開始覺得就算不說也沒關係吧。要不是剛才偶然碰見，或許我是不會說出來的。

妳工作的時候，看起來真的很快樂，我每一次都覺得賞心悅目。因為妳的動作勤快，總是搶先去做別人不想做的事。我甚至想請妳到我的店裡幫忙，但我並不是為了挖角而來的。」

新谷先生笑了，我卻難為情地羞紅了臉。

心想原來他也在注意著我。可是我卻不敢告訴他「我也很喜歡看你吃東西的樣子」。

他說話的方式不像他乍看之下的柔弱外表，可以清楚感受到明確的意志力。得知他並非年紀輕輕一帆風順的老饕公子哥兒時，讓我對他的好感又倍增許多。

除了心跳快速不已，過去在母親面前故作堅強的自己，心中另有一個依然很孩子氣的我，卻也同時因為混亂悲傷而開始鬧彆扭。

我只是想再見父親一面問清楚這一切是怎麼回事，但那是不可能了，我無法進行確認。一時之間悔恨和遺憾的心情湧上心頭。

在出其不意的時間點，淚水滴落在香蕉蛋糕上。我趕緊用袖口拭去淚水。

他緊緊握住了我的手說話。

我的耳朵似乎可以感受到他心臟跳動的聲音。

「真的很對不起，都怪我不該好管閒事。我只知道妳工作的樣子。至於妳身邊有沒有其他人、跟誰住在一起，我完全都不清楚。我因為太關心妳，越來越弄不明白自己跑來看妳是想要做什麼。唯一希望妳能理解的是，我並不是為了想跟妳說話而利用井本先生當做話題。同時也越來越覺得到妳工作的店用完餐再回家是件愉快的事，雖然有點本末倒置，但那些話我越來越說不出口，也逐漸發現自己的動機變得不太單純。」

不，跟我住在一起的人是母親！我腦海中立刻浮現這樣的回答，卻也對事情突然演變成這種狀況感到莫名其妙。

「不，沒關係的。」我用鼻塞的聲音回答。

因為羞赧，我只能低著頭看著自己的雙腳，和他並列在旁邊的球鞋，完全無法抬起頭來。

「一切都沒問題的，真的很謝謝你告訴我這些事。」

「太好了。」

由於說話的他也是一臉通紅，讓我不禁更想多認識他一點。希望下次不要在我流鼻水的時候，也不要是短暫的午休時間。

跟美代姊稍說明上述情況後，她一臉微笑地榨了杯新鮮的柳橙汁給我喝，嘴裡還說著：「我早就覺得那個人應該對好好有意思。」下班回到家時，母親還沒有回來。

我躺在榻榻米上望著天花板的木頭花紋想心事。

打算找個機會背著母親跟山崎叔問清楚。感覺好忙呀，突然間發生許多變化，搞得我好忙呀！

想著想著，不知不覺便這樣睡著了。

做了一個夢，夢境中有人在呼喚我。

夢中的我站在以前的老家裡。目黑的公寓、間接燈光照亮的走廊。咦？我一個人生活嗎？以前曾住過這裡嗎？腦海中浮現明確的疑問和異樣的感覺。心裡面隱約知道自己將母親給丟在某個地方。

爸？

我一邊呼喚一邊在屋子裡尋找。父親不在屋子裡，而且也看不到他的遺照。靜謐無聲的屋子裡，只能聽見我製造出來的聲響。就像走在長廊上的腳步聲，清楚地響著。

咦？我明明記得當初為了緬懷父親沒有將遺照擺在神壇而是放在這裡，如今卻看不到了。難道說父親在這個夢境中還活著嗎？夢中的我如此想著。站在這裡等的話，應該能等到父親回家吧？我走到客廳。照理説緊貼著廚房吧檯應該有張母親一向都整理得乾淨整齊的餐桌，吧檯上也應該裝飾有鮮花，但是在夢境中一切都消失了。我心想：看來母親在這裡已完全不存在了。

桌上攤開著一份報紙。

裡面有那個事件的報導，篇幅比實際看到的大很多。大概是因為是在夢境中才會這樣子的吧，以整版廣告的篇幅報導該事件。

父親和那個女人的照片並列在一起。

擷取各種類型曲風，深受熟齡人士和年輕人喜愛的獨立搖滾樂團「Sprout」鍵盤手井本光治殉情身亡，過去曾在哪些地方和哪些人合作演奏過……在這些報導中，刊登了那個女人碩大的臉孔。眼睛、鼻子、嘴巴都很細小，她是個線條纖細的女人。跟頭髮燙得微捲的母親是完全不同類型的女人，不太具有存在感。

看到那張臉，頓時一股莫名的恐懼襲來。感覺這個女人肯定會找別的男人一起死。因為她有著那樣的眼神，同時我也懷疑她害死了父親後真的能夠滿足嗎？應該深入調查才對。我害怕地陷入混亂之中。黑暗中感覺到有一股力量正試圖拉扯著我，而且那股力量逐漸在屋子裡擴散開來。

因為我所信仰的一切，那個女人都不信，所以她的力量很強，我幾乎馬上就輸給她了。我所相信的力量，在她的面前竟是如此的微不足道。所以父親才會死去。這世界上存在太多那種力量。面對這個大得嚇人且什麼都有的世界，渺小如我說什麼都無濟於事。就算在某個深層渺小的我和那些所有的東西能產生連結，以我頭腦所能思考的範疇而言，根本也不具任何意義。

電話！我得打電話出去才行，必須告訴母親。夢中的我試圖掙脫。撥開報紙，父親的手機就在下面。我想起了父親就是在找這支手機，於是伸出手要拿。

「睡在這種地方，小心會感冒！」

母親幫我蓋上毛毯時，我睜開了眼睛。

「咦？這裡是哪裡？這裡不是目黑嗎？」我精神錯亂地問：「手機呢？爸的手機呢？好不容易才找到的，又跑去哪了？爸拜託我幫他找的。」

「我看妳是睡昏了頭吧。都已經一點了，要睡就好好上床去睡！」母親說。

她好像喝了一點酒，臉頰酡紅。微泡的眼袋很符合她中年的年紀，顯得很可愛。頓時讓我的心情變得好像懷中貓咪想要舔主人般地柔和。原來母親的年歲是這樣子增長的，可惜父親已無法目睹這一切。

「妳跟誰喝酒了嗎？」我問。

「我只是在千鶴的吧檯跟千鶴對飲。就是那間位在地下室、天花板爬著一隻大蜥蜴的漂亮的店呀。千鶴不管活到幾歲，聲音都是那麼性感，感覺很穩重。又很會照顧人、個性很溫柔，真是讓我羨慕得不得了，希望將來也能變成跟她一樣。」母親說。

「當然沒發生什麼風流韻事。我早就忘記怎麼談戀愛了。感覺每一次只要春心蕩漾就會遭到懲罰。我雖然很節省過日子，但到外面喝酒總是會擔心，會不會把口袋裡的錢花個精光！」

「我懂。」我說。

母親說了聲「對吧」，就跑到流理台前洗臉。

我沒有說出新谷先生的事。

母親比我想像要遲鈍許多，求學期間曾經交過很長一段時間的男朋友，直到我們在自由之丘約會時被撞見，母親才有所察覺。當時她既沒有跟父親報告也沒有質問我，只是微笑地看著我。

我不知道是否該跟母親提起那個女人的事。

我心中的另一個我很想對著母親哭喊「媽，怎麼辦」，說出一切後大鬧一場，然後逃到一旁睡覺。

可是現在的我、不斷做著奇怪的夢的我、已經長大在工作的我……，心中有種看開的聲音對自己說「還不能說，而且不說並不代表背叛」。再等一陣子吧，等到許多事情都水落石出時再說會比較好。就算多一秒也好，現在最好讓母親保持平靜吧。

隔天一早醒來時發現母親很難得地站在狹小的廚房裡煎蛋捲。

晨光照在榻榻米上，混雜著奶油的香氣，呈現出一種沉寂冷清的味道。

我想起了小時候。當時我還沒有自己的房間，父親一旦晚歸就必須睡在別的房間，所以我是跟母親一起睡的囉？原來那個時候的父母過的是無性生活嗎？不只是小時候，恐怕我有自己的房間之後，他們還是一樣吧？母親是否曾經也有過外遇呢？現在我還不敢問，將來我一定要問問看。

以前我的房間在廚房旁邊，為了怕我醒來感到寂寞，母親總是開著房門，好讓我可以立即看見她做早飯的身影。

雖然不是特別溫柔或溫馨的心意，母親不過只是做她每天該做的事，但為什麼會讓我感到那麼的安心呢？為什麼會讓我以為這世界彷彿沒有戰爭、殺人、詐欺、強盜、強姦等罪行？為什麼會讓我覺得只有好人呢？如今我雖然還沒有直接接觸過壞人，但已活生生地體會到人世間有令人難以置信的壞事。

而且親生父親跟不認識的女人殉情，或許也算是很糟糕的體驗吧。對於已經習慣並且接受的自己，我感到相當無奈。當年的我壓根兒也不會有那樣的想法，總以為父親和母親會為了保護我而永遠活著。

「媽，早呀！」我說。

「醒了呀？」母親回過頭來說：「不知道為什麼突然覺得很餓，連妳的那一份也煎好了。」

「謝謝媽，我馬上起來。」我說，立刻從被窩裡跳出來。

怎麼會這樣子？難道是因為房子小的關係嗎？比起老家，住在這裡起床時的心情要輕鬆許多。窗外直接就是車水馬龍，從窗簾縫隙透進來的光線也越來越強，所以無法像有遮光窗簾隔著的老家一樣，可以睡到日照三竿也不起床。而且既沒有保全系統也沒有自動上鎖設備，不過是因為父親過世了，我們母女倆才住在一起生活。

儘管條件大不如前，卻有著露營時睡在帳篷裡的開闊幸福感。

母親說：「我知道這裡已經很小了，如果這麼做會顯得更擁擠，但可不可以在窗邊擺個花盆呢？」

「可以呀，要種什麼？」我說。

「種些巴西里香菜、芫荽、迷迭香之類的，我想做菜和煎蛋捲時可以放。」母親說。

「哇！如果種得好的話，我還能帶到店裡去。」我說。

「如果種得好的話。不過既然妳已經答應了，那我今天立刻就去買回來，買點幼苗什麼的。」

母親顯得意興風發的樣子。

「說不定要到春天才有賣幼苗吧？」我說。

「也許妳說的對，但應該還是能找到一些吧。像是種子或是薄荷之類的。這裡的陽光充足，應該種得起來吧。」

母親說做就做的氣勢是不會被季節不對等因素給擊退的。

「說的也是。」我說。

種什麼都好，充滿幹勁的母親看起來是那麼的高興。

「所以說春天之前我都得住在這裡囉。為什麼以前在老家天天煮飯做菜，我卻從來也沒有過這種念頭呢？」母親喃喃自語。

「那是因為現在比較快樂吧？」我回應。

「即便沒有妳爸爸嗎？」媽反問。

「就是因為爸不在，才會變得自暴自棄不是嗎？」我笑說。

「說的也是。不過那時候的我，也許可說是半個死人吧。就某種意義來說，妳爸爸也是。倒也不是地理環境不好的關係，因為那一帶還是有很多活得快樂的人們。不信的話，可以在自由之丘女神祭時到美麗佳人（Marie Claire）街去看看，妳會驚訝怎麼會有那麼多愉快的人都聚集在那裡。一手拿著酒杯一邊逛街，全家人占好位置坐在一起用餐。」母親說。

「對呀，其實這裡並非特別好也說不定。」我說。

確實每個地區都有每個地區獨特的樂趣。

那是許多人在生命成熟、生活有了餘裕、開始懂得享受人生後，集思廣益所創造出來的知性氛圍。而且小巷裡不乏歷史久遠的中華餐館、居酒屋等店家，也有不同階層的人們各自為不同的需求穿梭其間。那裡的年輕人沒有這裡多，觀光客也比較少。感覺上倒是有很多帶著嬰兒的少婦。

「說來我也真是奇怪！那個時候為什麼我就是沒有想到要坐在美麗佳人街的長椅上，拿著一杯紅酒悠然地看著來往的人群呢？總是急著做什麼事，把自己搞得喘不過氣來。

新婚時期，也就是妳還是嬰兒的時期，我們曾經在這裡租房子住過，感覺跟谷中那一帶的氣氛很像。因為台東區有提供新婚夫妻補助金，當初為了存錢才租了一小間房子住。好懷念呀！可能是因為那時候我和妳爸爸都還年輕吧，也可能是時代的關係，總之毫無理由地過得很快樂。每天到谷中銀座買東西。買現成的小菜、滷味、煎餅、喝咖啡。有時間的話就到甜品屋喝杯啤酒或吃烤海苔年糕。」

母親說。

「那又是從什麼時候開始變得像是半個死人，甚至像是行屍走肉一般的呢？」

我問。

想到自己結婚生子、體力衰退、工作越來越忙碌後，不知不覺間也會變成那樣就有些害怕。那種問題會慢慢累積，一旦發現時整個人已經動彈不得了。

「身上逐漸沾染塵埃或是穢氣變得越來越厚重了吧，雖然自己也很清楚原因不只是那些。總之越來越活得不像自己，不知道自己想做些什麼。」

母親眼神飄渺地將蛋捲盛在盤上，然後語氣堅決地說：「不過我也知道那些都是藉口。我已經振作起來了。這算是我的復仇，也可告慰妳爸的在天之靈。」

聽到這裡，我突然很想大叫一聲「媽」，但取而代之的是掩面哭泣。

「傻孩子，有什麼好哭的呢！來吧，蛋捲煎好了。」

跟小時候一樣，母親說話時若無其事地故意不看著我。每次遇到動容的場面，她就習慣裝冷漠掩飾情感。我常跟父親在背後一起取笑她這種叫人一眼就看穿的把戲。

我抹去淚水享用蛋捲。溫熱的蛋捲有起司的味道，裡面加了許多的巴西里香菜。那是我從小一直吃到現在，懷念的滋味。眼睛哭腫了就無法接待客人，至少不能腫得讓客人一眼就看出來，還不快振作起來。我告誡自己才止住了淚水。

過了一陣子後，新谷先生有些難為情地出現在店裡。

我們彼此並沒有交換手機號碼。

那一天忙得揮汗如雨的我，一看到他來立刻為自己的狼狽相感到丟臉，但很快又被懷念之情給取代了。

有人像這樣子出現的感覺，我想應該只有戀愛時才有吧。根本不覺得會有什麼壞事發生，只能說是一種祥和的感覺。

新谷先生跟往常一樣來到櫃檯前，取下iPod的耳機，點了油封鴨和一杯白酒後坐著等。

我不禁心想對他真的很陌生。過去他做過什麼，今後他想做什麼，我一概不知。心情頓時冷卻下來，回復到在職場應有的冷靜。對了，我一向很不喜歡那種只有熟客才會坐在櫃檯前跟店裡的人閒聊的餐廳。我希望除了熟客外，其他人也有賓至如歸的感覺。所以我不應該表現出跟新谷先生很熟的樣子，因此很努力地故作冷淡。只有已經感受到不尋常的美代姊在我進廚房端出做好的菜色時會對我擠眉弄眼地猛笑。

「如果可以的話，要不要一起走？我可以送妳回家。」新谷先生在我送上餐後咖啡時開門見山地提出邀約。

「好呀……不過你應該不知道吧？我家離這裡只有一分鐘的距離，我甚至連車站都不必去。」我指著窗外說，手指的方向可看見母親似乎已經回家，也幫我點亮房間的燈火。實在是很煞風景的回答。

「那就陪我喝一杯再回去吧？」新谷先生說。

「可以等我三十分鐘嗎？我還得收拾善後。」我說。

「好呀，那我在東屋路的Enoteca酒鋪等妳來。」

「OK。」

我們有點像是很早就認識的老朋友，卻又不像。我暗自發誓今後不管跟新谷先生有什麼發展，絕對不能以父親為藉口一起行動。

固然這是父親帶給我的戀情，但今後關於父親的事我要自己解決。

結果善後工作花了四十五分鐘才結束，在美代姊不懷好意的笑容目送下離開餐館。我不會為了有類似約會的活動就隨便敷衍打掃善後和準備食材的功夫。新谷先生輕輕地靠坐在高腳椅上一邊用著起司、紅酒一邊讀書。

「不好意思，我來遲了，讓你久等。」我說。

「妳們要開店嘛，那是當然的。何況我又是臨時邀約。」新谷先生說。

由於除了父親以外，沒有特別的話題，所以我們開始聊音樂。可是新谷先生喜歡的日本獨立樂團，尤其是偏向夜店系的搖滾樂團，我是一知半解。我的音樂經歷頂多只是爵士樂的皮毛和英美的古典搖滾而已。事實上生活在隨時都播放著音樂的家庭裡，我從來沒意識過樂曲的標題。

「好惠小姐心目中的偶像是誰呢？」他問。

「硬要說的話，應該是派迪．麥克艾倫（Paddy McAloon）吧。」

我一說完，對方好像沒聽懂，現場頓時安靜無聲。

偏偏我又不是那種喜歡事後解釋清楚的人。雖然發現這樣容易被男人誤解，也可能很不討喜，但我早已習慣了，無法再改變。何況剛下班、對方又是臨時邀約，我不想表現得太善解人意。畢竟餐館的工作已經很讓我耗費心神，總之我只想高興地喝酒。我跟新谷先生提議，兩人合點了一整瓶醒過的好喝白酒。

「在下北澤喝的酒特別好喝。」我說：「像這樣看著外面，那些路上行人明明不是這裡的居民，但表情都顯得很怡然自得。基本上在東京很少會有這樣的商區。」

「嗯，說得對，我的確也是這麼覺得。大家都有著一張好像永遠年輕的臉。如果是新宿的話，很多人的臉上都略顯疲態，雖然那樣也沒什麼不好。」新谷先生微笑說。

看到他突然露出笑臉的那一刻，我的心情就好像是看到貓在伸懶腰一樣。

他那種說話方式又讓我有些心動。

除了新谷先生的吃相外，又發現一個他讓我喜歡的地方。我決定像這樣繼續花時間交往下去。

下定決心找山崎叔出來，是在跟新谷先生見過幾次面之後。

因為找不到機會，也沒什麼時間而一拖再拖，於是那天放假便一鼓作氣打了電話約看看。

主要理由是從新谷先生口中聽到久違的名字，很想見見從葬禮以來就沒見到的山崎叔。父親帶領的樂團已經解散了，再也沒有演奏活動。所以和以前看似很親近的山崎叔沒再見過面，讓我十分懷念。

我想山崎叔應該是父親最親近的朋友吧。雖然從事音樂活動的父親認識的人面也很廣，但或許真正交心的朋友只有他一個人吧。

照理說山崎叔比父親要年輕許多，但看起來卻很老氣。如果用一句話來形容的話，他的外觀簡直就像是神探可倫坡（美國影集中人物名）。小時候我和母親曾背地裡叫他是「神探可倫坡」。他有時會穿著跟神探可倫坡一樣的風衣出現，這時我就會和母親竊笑著彼此互看一眼。

他的身材高大結實，一雙如小狗般圓滾透明的眼睛呈淡褐色，一頭蓬鬆的自然鬈髮也是淡褐色的。每次都是穿著便服就上台表演。父親說他有他的堅持和講究，只穿喜歡的顏色和樣式。所以才給人老是穿同樣衣服的印象吧。

他娶了一個漂亮到令人難以置信的太太。她是那種偶爾到演奏現場時，會讓樂團成員和觀眾們都為之振奮的女人。

「以前妳媽我也是很有魅力的！」母親常這麼說，但我內心總回應「不可能啦，沒得比的」。

人家可是像石田步、淺丘琉璃子那種纖瘦美女，一舉手一投足都充滿成熟的魅力。據說以前當過模特兒，山崎叔看到人家一見鍾情後，花了很長的時間才說服對方答應結婚。

坐在澀谷東急手創館後面那間名為「3・4」的老舊咖啡廳看到他走進來時，我想起高中時期經常跟父親約在這裡見面的往事，心頭不禁激動起來。

彼此年齡差距太大，又沒什麼共同的話題，特地約出來見面似乎有些麻煩，可是一旦看到人又覺得很高興，感覺見面還是對的。

不行！我現在根本沒辦法跟任何人做任何事。就好像剛失戀的人一樣，結果總是陷在父親的陰影之中。我在尋求父親的存在，只想跟父親在一起。說不定這一生都將會是這個樣子。開什麼玩笑嘛！為什麼我會變成這樣？這個毛病能不能治好，是否不會有人知道呢？

然而現在不是考慮這個問題的時候，既然把人約出來了，雖然很緊張還是得把事情問清楚。

「好好，怎麼了？要找我商量什麼事呢？」山崎叔說。然後拿起他點的特濃咖啡大口喝下。

我喝的是加了許多現磨薑泥的香濃薑汁紅茶。店裡面有著木紋經年累月被磨得發亮的桌椅、乾燥的塵埃和舊書的味道。金魚在圓形水槽中游來游去。這是父親和山崎叔他們那一代人口中所謂的「喫茶店」，不是咖啡廳。這種氣氛能讓我回想起童年時代，感覺很舒服。

「關於跟我爸一起殉情的女人，如果山崎叔知道什麼，請告訴我。」我說：「我知道爸有交代山崎叔不要跟我們說。所以在可能的範圍內，請讓我知道。」

仔細端詳，看到對方外套上的皺褶、頸項也開始有些鬆垮，對於很久沒有接觸到的中年男子不禁也有些懷念。很想用力吸進這些感觸。

我小的時候，大概他們兩人也比較有空閒吧。父親常帶邀山崎叔來家裡吃飯，他那美麗沉默的妻子也會一起來，大人們舉辦著小型宴會。聽著那種歡樂的音樂入睡，對身為獨生女的我而言是很幸福的事。如今那一切都很鮮明地在我腦海中浮現。

「真是傷腦筋。」山崎叔說：「井本的確因為怕家人擔心，所以交代過我什麼都不要說。」

「要說擔心的話，這才是讓我們最擔心的事。不過一切都已經結束了。」我說。

「既然如此，就讓它維持現狀不是很好嗎？因為妳們已經開始為每天的生活而動，不是嗎？現在不是應該讓井本靜靜活在每個人心中的時候嗎？」山崎叔低聲說。

看著他我從來沒見過的表情，我突然明白了。

畢竟他也失去了長年以來總是能用最愉快的心情去參與的樂團和好友呀！

「因為日子繼續在走，但我們卻被留在原地了。」我說：「目前我媽跑來跟我一起住，目黑的家已經沒有人在了。每次覺得自己應該好好振作時，自然而然就會變得焦躁。我媽似乎不會焦躁，但感覺還是有些不安。每次想要做什麼，才發現自己什麼都不知道，於是又開始在原地打轉。所以才會想要找山崎叔商量。」

「基本上好好和妳媽的立場不同，心裡所想的也完全不同。或許這樣反而讓妳更覺得寂寞吧？」山崎叔說。我心想真不愧是神探可倫坡。

「妳媽離開那個家跑去好好那裡住的事，我從別處聽說了。不過現在什麼都不要多說，讓妳媽住下來，不也算是一種孝順嗎？」

「說的也是。但我總覺得應該還能多做些什麼，心情始終怪怪的。」我說。

我仍不肯罷休。山崎叔靜靜地想了一下才說：「老實說，我多少可以理解妳的心情。如果站在好好的年紀和立場，我應該也會說出同樣的話吧。假裝成沒發生過什麼事一樣地生活，那才真是奇怪吧！所以如果我是好好的話，一定也會有同樣的想法，想要有所作為、必須要振作起來。可是妳爸已經不會回來了，所以只能抱著這樣的心情，抱著整個人幾乎快腐爛掉的心情繼續存活下去。我有時早晨醒來會想『咦？這個月的表演還沒彩排嗎？得打電話通知井本一聲』，回過神後立刻抱著枕頭痛哭。」

山崎叔睜著圓亮的眼睛看著我。他總是直呼父親的姓，每次聽到都會讓我誤以為父親就在身邊，心頭也跟著揪緊難受。

「我明白山崎叔說這些話的意思。」我說：「越是想努力做什麼，只會讓自己更累而已。」

山崎叔點點頭說：「那個人是妳爸爸……的妹夫在年輕時的私生女吧？」

「不是的，我聽說是姑丈的姪女。」

「其實兩種說法都不對。事實上是妳爸爸的妹妹，在很年輕時生下後送走的小孩。可是妳祖母並沒有告訴妳姑姑小孩被送走的事。可能是說小孩死了，或是說要幫她把小孩給處理掉吧，詳情我並不清楚。所以妳姑姑並不知道那個人的存在，或許知道但忘記了或決意不聞不問，這一點我也不清楚。」

「什麼？」

怎麼會是這樣？這麼一來的話，那個人和我之間的親戚關係不就比原本想的要近很多了嗎？

「被送走後，因為環境不是很好，所以很早就離家出走。聽說後來的人生過得也不是很順遂。」

「所以爸爸才會很關心她嗎？可是那樣子他們不就算是近親嗎？對方應該算是爸的姪女吧？」

「那當然是個問題。我想可能是一開始交往時並不知道這層關係吧。應該是感情陷入太深後，才發現這個事實吧。」山崎叔說。

「老實說，那個女人給人的感覺很差。或許妳有聽到新谷先生提起過，我只看過那個人一次。她是那種令人不寒而慄的女人，在台上表演時，也始終讓我心神不寧。我還記得只有新谷先生和我懷疑她搞不好真的就是鬼魂。

那天表演結束後，她沒有跟著參加慶功宴，從此也沒有再看過她的人。所以我一開始沒有想到她就是那個女人，直到新谷先生提起，我才想起來。

除此之外呢，我本來多少感覺到妳爸爸好像有些麻煩事纏身，他也找我商量過，但談得不是很深入。說是有個交往的女人，不是逢場作戲，有借錢給對方，另外還有一些煩人的事。不過妳爸也很清楚地表示，他覺得應該沒問題，而且也不想離開妳們母女。我沒有騙人。」

聽到這些話，安心和悔恨的情緒一起襲上心頭，頓時感到天昏地暗。彷彿從死去的人口中聽到愛的告白，一時之間不知情何以堪。

「我總懷疑妳爸爸是不是太過大意才被牽扯下去？因為我覺得那傢伙似乎對於那種事情不太懂得拒絕。儘管妳們母女倆都很開朗溫暖，偏偏他就是無法完全融入。這個傻瓜！當初就是為了擺脱那種個性才結婚成家，卻又跳入那樣的陷阱。我沒有小孩，或許不是真的很懂。可是我如果有個像好好一樣的小孩，我一定會想要活下去看著小孩長大。」

山崎叔一邊說話一邊盯著自己修剪得乾淨整齊的指甲。

「但願爸真的是那麼想。」我說。

「這一點妳絕對可以相信。」山崎叔立刻回應說：「他老是說自己有多麼重視妳，我最清楚了。他常說自己根本不配有妳這麼好的女兒。就某種意義來說，妳爸爸就像是到處可見的平凡父親。他絕對不是那種耽於酒色，隨便跟女人殉情也不在乎的人。因為在我們身邊真的有許多那種人，所以他當然懂得區分。偏偏那種人總是死不了，死的反而是個性老實的井本！」

對我而言，那是很重要的一番話。而且不是出自他人之口，是由父親的好友親口說出來的。

「可是他居然會一步又一步地接近那麼危險的東西，一定是以為自己不會有事吧。該怎麼說呢，我只看過對方一次，她是那種會攪亂別人想法的女人。越是想看清楚就越看不清楚。因為對方也死了，無法將她定罪。如果那個人還活著的話，真不知道會被判決多少年的刑，我一定會很高興地出庭作證。但就算那麼做，妳爸也不可能回來了。真不知道那個人對我們做了什麼好事！」山崎叔說。

「對不起，我這樣形容也許太過露骨，但是一起在舞台上搞樂團的感覺就跟不斷做愛是一樣的。

一次又一次我們共同擁有眼睛看不見、耳朵聽不到的身體語言。所以我一直覺得很不甘心，那種感覺就像是愛人被人睡走了一樣。也很氣他那個時候為什麼不好好跟我商量？妳不知道我有多麼自責，總以為如果真的遇到麻煩，以井本來說，他當然會跟我這個好友商量才對。所以我才會太過大意誤以為沒什麼問題。」

山崎叔的眼角泛著淚光。

跟父親做愛……他的用詞還真是另類，奇妙的是我聽了也不會有任何反感。

其實我以前也有類似的感受。三個人的肉體結合在一起，身體有著生活在同樣地方的記憶……擦身而過時小心翼翼避免碰撞的鼻息聲、傳遞茶杯時手的觸感、意識到彼此就在身邊的感覺等等，那就是所謂的家人。那種感覺一點也不會令人不舒服，而且是共有的，但為什麼父親要拋棄這些感覺呢？

我在提起這件事或跟別人說話時，都會刻意地表現出若無其事的態度。不論是跟朋友、聽到該事件而前來跟我連絡的人們還是鄰居。

當然跟山崎叔說話時也一樣。不會太過開朗或太過陰沉，盡量保持冷靜的態度。否則我會難過得很想死去。在我內心深處翻騰的泥淖，有時會像無法靠近的岩漿一樣滾燙。事實上一旦發熱時，肚子也會跟著絞痛，同時感到噁心難受無法呼吸。那種時候我無法想像任何美好新穎的事物。而且就算遷怒到別人身上（雖然我經常遷怒到母親身上）也無濟於事。所以總是讓自己看起來很開朗，盡量將視線避開，整體以輕鬆的方式帶過。

可是山崎叔的存在和他超乎常人容易交談的特質，以及我們共同擁有父親的記憶及父親離世的事實，讓我們的立場相似，使得我刻意用新生活來壓制掩飾的潛在情緒突然間都噴發出來了。

我當場砰地一聲趴在桌子上嚎啕大哭。

彷彿哭不乾也流不盡的淚水再度被擠壓出來。

山崎叔沒有上前抱住我的肩膀，也沒有輕撫我的頭。他只是陪在我身邊。我可以感受到他「我就在妳身邊」的心意。

我像個笨蛋一樣，老是在有著父親影子的不同男人面前哭泣，我甚至覺得這種行為簡直就是賣春。跟為了追尋父親而和許多男人上床沒什麼兩樣。可是我管不了那麼許多，只想盡情地大哭。當我抬起又紅又腫的眼睛和涕淚縱橫的臉時，只見仍如以往的山崎叔，神情溫柔、眼光帶淚地靜靜等著我平復心情。

然後用他漂亮的手輕輕拍著我的手背說：「那傢伙真的是個好人。他走了之後，我們彼此都感到寂寞呀。」

我聽了只能點頭。

同時也覺得自己很悲慘。一點也無法振作，渾渾噩噩過日子。等不到天明，悔恨也無法填補，想說的話不敢說。已經過了兩年，仍在原地踏步，搞不好這一生都將無法前進。

可是到了明天早上我還是會繼續揉麵團做麵包、燒熱水、切青菜做沙拉、打掃房子吧。身體會自行動起來，也會堆起笑臉大喊「歡迎光臨」吧。因為那是我唯一能做的。

一如母親積極地什麼都不做，同樣地我也只能那樣做。

每個人都有自己的生存戰爭需要面對。因為不能求死只能求生，所以得靠意志拚輸贏。而我明天只要一上工，那個熟悉的空間就能撫慰我。照理說我應該已經覺得膩了，疲倦的時候也的確有閉塞感，然而在店裡小巧而完美的廚房，可以看見美代姊挺直腰桿，雙手像是施魔法般地做出各種美食，也能看見那些美食送到客人面前時的笑容。即便每天只是一點一滴，卻都能累積成為我內在的力量。我不禁心想固然殺人的是人，但救人也要靠人的力量呀。

「聽說那個女人也和其他男人殉情過但沒死成。實在搞不懂那傢伙怎麼會跟那種女人扯上關係，只能說是時機不對運氣不好吧。」山崎叔說。

「果然不是只有爸一個人嗎？」我說，就跟我做的夢一樣。

「我是聽井本說的。好像是那女人以前企圖跟別人殉情失敗了，之後就不停地進進出出醫院之類的吧。我還勸妳爸算了吧，她不好惹。妳爸回應沒問題的，她才不會找我殉情啦。那個時候我實在不應該任憑他陷下去！」山崎叔說。

「沒想到爸會那麼不小心、那麼笨。」我用近乎潔癖的心情批評。

山崎叔看穿了我那近乎潔癖的心情說：「話可不能這麼說，因為男女之間不能用頭腦判斷。」

突如其來的如珠妙語，果然讓他顯得很像神探可倫坡。

我驚訝地抬起婆娑淚眼看著山崎叔。

「我想山崎叔說得很對，雖然我還不懂男女之間的事。」我說。

「其實我也不懂，真的。但應該是那樣子吧。我不是隨口亂說的。」山崎叔說：「妳爸也給了對方不少錢。那個女人在外面不是欠了很多錢嗎？相對地，妳爸是那種寧可選擇死也不願意跟別人借錢的那種人。」

我聽了十分認同，也因為自己的認同而感到悲傷不已。

父親死去時帳戶裡幾乎沒什麼存款，曾經說要成立自己的工作室而存的定存，不知道什麼時候也解約了。

爸怎麼那麼笨！家裡還有我和媽呀……。好幾次這些話語在我腦海中翻來覆去。只有光不夠嗎？只有日常的溫度便活不下去了嗎？一旦讓自己的心染上了對方的顏色，難道那種晦暗如污泥的東西，其魅力竟會厲害到要賠上性命嗎？

「井本他真的很關心好好。只有這一點妳千萬不能忘記。」離開前山崎叔說：「人生雖然並非都是好事，但也並非都是壞事呀！」

聽到這句話時，我以為父親就近在身邊，差點就要作出回應。感覺父親是藉著山崎叔的嘴巴在跟我說話。

「說的也是。我也知道自己很容易找許多無謂的理由試圖解釋一切。」我說：「我知道爸最喜歡的人就是我。」

「沒錯……我鄉下的老母親已經快九十歲了，每年一到春天還是會忙著煮蜂斗菜和山椒。每年當我們吃著那些熟悉的滋味，彼此都會互看一眼，想說：『唉，搞不好這是最後一次的春天滷菜。』然而那根本是無聊的想法吧？因為那一天老媽只不過是摘了一大堆的蜂斗菜和山椒，然後很用心地煮了一大鍋，哪裡會想太多，照理說她只求今天能煮得好吃，根本無所謂明年的事。我也不會動不動就心酸感慨，而是大口大口地吃，不停地讚賞老媽煮的滷菜最棒了！好高興今年也能吃到。滷菜最下飯了。我希望好好今後也能盡情貪心地享受那種幸福感。沒錯，井本出事了，妳們感到不捨是正常的。但也不需要連和媽媽共處的時間都心生害怕吧？」山崎叔說。

感覺自己已完全沉浸在那些話語的幸福之中。最想要聽到的話語舒緩了我的身體和心靈。

跟山崎叔見面的事，我沒敢跟母親說，當然更不可能提及談話的內容。其實我原先有點想要一吐為快。那天晚上母親從「前鋒村俱樂部」（Village Vanguard）買了一大堆漫畫（買的是萩尾望都的《荒蕪世界》文庫版全集，萩尾是母親最喜歡的漫畫家）回家，躺在榻榻米上一邊哼著歌一邊翻書。看到母親那個樣子，才進門的我頓時啞口無言。

她露出肚子一邊看漫畫一邊流著淚喃喃自語：「嗯，還是好想住在岩洞裡生活喲。」

我不禁難過地心想：她又沒有做什麼錯事，不應該受這種罪呀。沒錯。如果是邊境的岩洞，那些無法跟上社會腳步的人們就可以自由自在地平靜生活。被父親丟下的我們母女倆也是。

儘管我和母親神經很大條，不太在乎別人的閒言閒語，但只要稍微走在自由之丘的商店街時，就會覺得背後被指指點點。好像有人在說我們是「外遇殉情而死的老公所留下的家人」。

所以我沒有跟母親提起隻字半句。

但母親就是母親，反倒是她開始質問起我。

「好好，怎麼了？一副無精打采的樣子。今天不是休假嗎？做了些什麼事？對了，好久沒去伊勢丹了，下次休假要不要一起去逛街吃飯呢？媽買冬天的衣服給妳。」

「嗯，好呀。可是媽，像這樣的生活，我們可以一直持續下去嗎？」我問。

「為什麼不行？」

「因為這裡是租來的房子呀！」

「那倒也是。不過妳是我娘嗎？幹嘛那麼深謀遠慮！」母親笑說：「如果妳去別的店工作或是出國了，或許會有其他變化。到時候再看怎麼辦吧。反正又不是今天，也不是明天就會發生，是未來的事。還有就是妳嫁人，但就算是那樣也無所謂。畢竟媽只有好好了，我會住在附近幫忙照顧孫子什麼的。說不定會更有樂趣哩！」

「誰說妳可以住在我家附近了？」我說。

「到時候妳一定會需要幫手的。一個女人在外面工作很辛苦的。我周遭的許多人都曾經累倒過，所以我覺得有人支援很重要。按照妳的個性，就算結婚生子了也絕對不會辭掉工作的。」母親說。

「也許吧。我想一直待在美代姊的身邊幫忙，我很尊敬她，甚至願意繼承她的店。」我說：「不過我們年紀相差沒多少，應該還談不上繼承不繼承吧。總之不管怎麼樣，我想要一直留在店裡幫忙，我就是那麼喜歡她的手藝和她的人。」

「很難得能夠在職場上遇到那樣的人，所以妳無論如何都應該緊緊跟隨！」母親說。

「為了有所幫助，假如需要我出去學藝幾年，我也一定會去。只要能跟那間店保持關係，即便要我幫忙招呼外場、清潔打掃或做會計算帳的事都行。我想留在店裡的心情比做出自己的料理還要強烈。」我說。

「妳都開口這麼說了，可見得是真心的。的確那裡的沙拉是有生命的沙拉。我曾經心情鬱悶走投無路，很想一死了之，可是那裡的沙拉並沒有否定我。我在沙拉之中看到自己的可愛之處，發現了小小的生命跡象。」母親說。

「謝謝媽最好的讚美。」我說。

「好好，妳能這麼說，就表示妳已經是店裡的人了。看來時候到了，媽也應該開始有所作為。每天散步已覺得膩了，專業的家庭主婦也做太久了。」母親說。

可是她想做什麼呢？到大關超市當兼職人員嗎？還是去咖啡廳打工呢？該不會晚上到小酒館上班吧？還是去二手衣店？

我很想問清楚，但還是忍了下來。

因為如果她說出想要做什麼，我絕對得答應才行。因為能夠開口說出自己想要做什麼，這在兩年前失魂落魄的母親身上是完全不可能發生的！

「倒是好好，妳是不是有了男朋友？」母親問。

「沒有哇，幹嘛這麼問？」我說。

「女人的直覺。」母親說。

「好厲害呀！」我回答：「是有一個剛認識的人，可是八字還沒一撇。也許我現在還無法談戀愛吧。」

「戀愛恐懼症嗎？」母親說。

「不是。只是就各方面而言還不到位，或許快了也說不定。」我說：「當我心跳加速、高興喧鬧時，總覺得有另一個自己就像冬天波濤洶湧的日本海一樣在冷冷地看著我。現在的我認為跟年紀相當的男人互探心意、交談、親近到為對方意亂情迷，是一種很無聊的遊戲。」

「嗯，到了我這個年紀就會有更頂級的想法。的確我的心情也跟妳一樣。」母親說：「會覺得只有自己很辛苦，雖然並沒有鄙視他人的意思，但別人說的話很容易聽過就算了，不會放在心上。」

我們母女倆談論這個話題時，很容易會變得意氣消沉，於是決定走五分鐘到茶澤路邊的酒吧散心。

那家店的消費不便宜，偶爾想奢侈一下，我們會點新鮮水果做的雞尾酒來喝。甜美的滋味如夢似幻，在擦拭得一塵不染的吧檯前和幽微的燈光下一小口一小口地啜飲時，只覺得力量從喉嚨漫起，肩膀的重量也稍微變輕了。

離去前看著正在埋單的母親背影，感覺她似乎變老了又好像沒變，有些不可思議。

一走到外面便覺得有些寒意。微微可以從冷風中感受到一絲冬天的氣息。母親身上的早冬外套是她在芝加哥買的黑色皮革風衣。走在她身邊能聞到舊皮革的味道，那是一種似曾相識、古老而獨特的味道。

時間繼續在走。現在的我不想被惡夢給打敗，雖然有時候還是自然而然會被打敗。我只能被打得遍體鱗傷，還沒有成熟到能夠領略沿途風景的好處。

母親表情平靜地迎著風走在我身旁。我們兩人就像是在旅途中突然來到這裡，便悠然地散起了步。微醺的我心想：這一生將不會忘記這個愉快的茶澤路之夜！

「喂？喂？」

夢境中，我在打電話。在目黑家，自己的房間裡。

我拚命地呼喚。心想如果現在電話沒有接通就救不回父親了。不知道是訊號斷斷續續還是沒有接通，電話發出奇怪的聲響。

「喂？喂？爸！爸！」我大叫。

「好好？」父親的聲音。

「爸！」我喊了一聲，淚水奪眶而出。

他的聲音充滿了無可取代的愛情。我聽得出來。父親到了最後的最後仍希望見我一面。咦？可是前一陣子我不是在這裡找到了父親的手機嗎？一想到這裡，我又開始錯亂了起來。

電話訊號又有毛病了，我完全聽不到父親說的話。

爸！我不停地呼喊，但電話只是噗吱噗吱地響著。

走入樹林裡，電波是否會進不來呢？夢中的我心想。儘管心裡知道真實人生不可能發生那種事。這時突然感覺電話的另一頭起了變化。

突然在電話的另一頭，微微地聽不清楚，但掠過一個女人沙啞的說話聲。

我嚇得趕緊將手機從耳邊拿開。

彷彿有什麼東西跑進了耳朵，我心生厭惡地拚命搖頭。

「妳還好吧？」母親觸碰我的身體問。

她手心的力量是沒問題的力量。儘管腥臭、感覺不舒服、討人厭、令人不耐，卻是抱著我哺乳、養育我長大的根源的力量。

我安心地睜開了眼睛。

「媽……」我流著淚水呼喊。

「妳剛剛一直在喊著爸爸、爸爸。」母親神情悲戚地說。

昏暗的和室裡，在微亮的燈光中，母親放下頭髮的身影晃動著。

「嗯……。」我點點頭，沒有說話。即便母親是我唯一的親密戰友。

「好好，妳還很懷念爸爸吧？應該也是吧。媽只關心自己，對不起……。」

母親輕輕拍著我的肩膀。

我很想說「不是那樣的」，卻說不出口。因為太害怕、因為夢境太嚇人。同時也想到萬一現在只有我能跟父親產生某種的關聯，那麼或許有些事是我所能做的。說不定我的情況還有些不太對勁。雖然程度不比在家看見父親鬼魂的母親。

我沒有信心能夠將夢境的感覺正確說給母親聽。我不是不告訴她，雖然過去有過很多沒有告訴她的事。直到現在我才知道原來說不出口也是一種愛情的表現，當然其中也包含了「以後一定會說」的信賴問題。

我對於昇天成佛、祭拜的事一點也不懂，也絲毫沒興趣。我的人生目前最關心的課題是如何能盡快將午餐燉菜所需要的馬鈴薯給削好。可是那樣子是不行的！我不想讓父親留在那種地方。該如何做才會有那麼一天呢？我能作出比那稍微幸福一點也好的夢嗎？

「媽，不要那麼說！我希望媽能夠去尋找自己的人生。我喜歡現在的生活，也還有許多事物值得我去發現。我只是偶爾會做惡夢，夢見我們……看到許多可怕的東西。像是開在樹林裡的汽車，還有……」說著說著我感覺喉嚨梗住了。「屍體之類的。」

母親用力點點頭並說：「夢中的東西破壞了一切，可是我們還活著。我們不能採用高標準；如果用最低限度來看，那麼今天的生活還算是不錯，我們應該這樣做才對。如此一來的話，也就不會害怕惡夢了。」

看著母親的眼睛，我知道母親和我或許立場不同，但都在經歷同樣的事情，所以我覺得安心。那是一種躲在低處互相舔舐傷口，令人悲傷的安心感，一種慶幸自己無法拋開對方的悲慘幸福感。對現在的我們而言，那是最溫暖的感受。

心中埋藏著那些不快在店裡工作的日子裡，有新谷先生的造訪確實讓我寬心不少。感覺就像是回到家和自己的愛狗、愛貓接觸一樣（我也知道這麼說對他很失禮）。似乎一看到他的人，我的眼睛、手和整個人就會恢復成過去的自己，感覺可以怡然放鬆。

既不會興奮，也不會緊張，一如使用溫度剛好的熱水一樣。或者說像是跳入傍晚溫熱的海水之中，看著夕陽慢慢西沉的感覺。也或者像是乾淨的海水能將自己的疲憊和肩痛給溶解，比起泡任何一種的溫泉，沉浸在海浪的律動中更能獲得舒緩的效果。

那個時候我很清楚地知道自己不想放開他。

不是因為喜歡對方，純粹就只是不願意放手。我不知道那是不是戀愛。

「今天也有燉菜喲。」我說。

同時心想：如果我不是每天挺直腰桿充滿活力地在這間店裡工作，他會喜歡上我嗎？還是不會？

在心中將那種程度的心情稱之為戀愛，似乎最近的人生經驗太過濃烈。所以我希望兩人之間只互相保有好感。

「給我燉菜，感覺好像不錯。來到這裡就好像回到家裡一樣。」新谷先生一邊脫外套一邊坐在吧檯前這麼說。

我心想「這話還說得真是好聽」，並開始幫他備酒。還好美代姊最近已司空見慣不再對我們竊笑，甚至還稱讚我：「男朋友來，也沒有怠忽外場的工作，不錯嘛。」

我心想「那還用說嗎？這裡又不是酒吧」，同時也覺得「這家店真厲害，每天快到打烊時間還是客人很多」。

新谷先生依然用他賞心悅目的吃相和夢幻般的速度，將燉菜送進自己口中。一邊用餐時還氣定神閒地望著窗外的景致。他總是穿著好看的鞋子。

一切都是那麼的幸福。我在這裡工作、新谷先生跑來店裡用餐、窗外可以看見我住處的房間。幸福不可能永遠持續的，事物會隨著時間而流逝。如果一心以為能持續到永遠，就會變得跟我們家一樣分崩離析。

可是我又希望這樣的幸福能夠維持現狀直到永遠。

通常在店裡工作的我有男朋友來，正常情況下應該是打烊後男朋友送我回家才對。可是我家就近在咫尺，新谷先生想送也沒得送，所以我們總是小酌一下才回家。

我們會稍微聊一下天，時間上只要不耽誤到新宿的最後一班電車即可。

那一天也是一樣。我和新谷先生到車站附近的一家地下室居酒屋，點了一些小菜，喝了兩盅酒。

本來那家店已經要打烊了，但因為新谷先生認識老闆，說了聲「我們只喝一杯」，對方便爽快答應。店裡面充滿昭和時代的氣氛，幾乎看不到年輕客人。在座的大叔大嬸們都已經喝得醉醺醺的，正在享用最後一道的甜點。我不禁感嘆也能有這種店的存在，可見得下北澤果真是莫測高深呀。

「我可是頭一次看見女生吃深水炸彈吃得這麼起勁。」新谷先生說。

「人家在餐飲界工作，有好吃的當然得大快朵頤囉！」我說。

所謂的深水炸彈就是一種用魚肚涼拌海鞘的橘色小菜，這家店自製的味道尤其好吃。因為很適合下日本酒，頓時讓我整個人都醒了。店裡的人動作俐落，熱鬧開朗的氣氛完全感覺不出這裡是地下室。看到這一切，儘管兩腳累得快抽筋，還是心生自己絕對不服輸的氣魄。

「你知道嗎，新谷先生。」我說：「我爸會出現在我的夢裡。」

「那是當然的。」他說話的語氣十分肯定。讓我好生羨慕。

「可是感覺不是很好。他好像有什麼話要說、好像有什麼沒有交代清楚……。而且我媽說她以前住在老家時偶爾也會看見爸的鬼魂。這種事你信嗎？我一直很擔心會不會是爸死不瞑目無法成佛呢？如果是那樣，我們該怎麼做才好？」我說。

「其實夜店是很可怕的地方，會有那種東西出現。仔細想想那些搞樂團的人，似乎也不全然是很受歡迎到足以度日，或是很快樂長壽吧？不是嗑藥喝酒死了，就是不注重身體健康生病了。也有人放棄音樂改從事其他工作，或是跟別人處不好到處結怨，各種情形都有。還有就是瘋狂粉絲鬧自殺……」新谷先生用平淡的口吻訴說：「當然也不是經常發生，我只是說會有那些事而已。當然我也聽過有人站在舞台上表演時，看見明明已經死掉的女孩竟坐在觀眾席上。」

「好——好可怕呀！」我說。

「至於我是不是相信那種事，到現在都還很難說。但是如果我店裡樂團的粉絲自殺了，那種看到對方還來欣賞演出的感覺，我也不是不能理解，有時心情會造成自以為看到的感覺。另外樂團的伙伴死了，加入新人後，偶爾望過去時也會感覺到原來的樂手在一起演奏，而且這種事還很常見。即便可能是錯覺。」新谷先生說。

「所以不管是不是錯覺，我還是會先請人來作法除厄，或是偷偷設立神壇。這種事對開店的人來說有其必要。在這方面，我覺得自己該負起全部的責任。不是要清除鬼魂，而是對這個有各種人懷抱不同想法進進出出的場所必須負起維持清淨的責任。」

「嗯。」

我聽了他的說法，感覺心情平靜地得到撫慰。聽完他仔細的說明，我多少能理解自己心境的變化。

「所以好好說的話，我懂。比起如何祭拜死去的人，首先最重要的是讓活著的人感到心情舒暢。因此我覺得去掃墓，還有去現場看看都是可行的方法。」新谷先生說。

「去茨城嗎？」我驚訝地反問。「去那種地方？去那個令人難過又害怕的地方？」

我甚至覺得即便是以前我們全家人經常去而且留下美好記憶的大洗水族館，今後這一輩子都不可能再去了。

由於父親喜歡水族館，所以我們一家三口要外出旅行時，肯定會挑選有水族館的地方。

那個要命的日子，在東京車站裡，周遭群眾看起來都很快樂，車站附近擠滿了旅行回來的人們，也不斷看到許多約在那裡見面的人笑容滿面地相逢。只有我和母親像是身處在黑暗中一樣，彷彿陽光太刺眼，我們怕曬才帶著墨鏡。當時我們是為了確認和帶回父親的遺體而前往東京車站等候巴士。

如果能回到我們一家三口從這裡搭巴士去大洗水族館的那一天該有多好？我不停地如此祈禱，祈禱到太陽穴都漲痛了起來。明明去的是同一個地方，為什麼這一次的心情如此悲痛？

「要不我陪妳一起去吧？最近夜店的經營狀況很穩定，我應該可以請假。」新井先生說。

「不，不用。因為連我自己都還不清楚能否辦得到。」我說：「不過我會考慮看看的。倒是要如何作法除厄呢？」

「我是找當地的神社處理，幾乎只是些形式上的儀式，大概只要準備鮮花、供品就可以了吧。」新谷先生說。

「我也考慮過這個問題。我認為除了心意外，其實儀式本身也有其重要性。與其說是為了往生者，應該說那是為了讓自己能夠接受事實、能夠做出了斷的最好方法吧。而且夜店同事和樂團的人也因此才能夠安心，這一點我倒是真有所感。如果不做的話，大家心裡都會毛毛的，所以我決定一試。」

「謝謝你。雖然我現在還不想那麼做，但也不想再繼續做惡夢，所以會朝那個方向考慮看看。說不定我應該去接受心理治療會比較好吧。」我說。

「總之不用操之過急。」新谷先生說。

「新谷先生為什麼說得出這種話呢？你還這麼的年輕。」我說。

「我從小接觸過太多賣不出去的音樂種類，因此看過許多難以割捨令人心酸的東西。也見過無數的人，有過無數次的分離。來我們家這種歷史久遠但場地不大的夜店演奏的人們，不是還未成名就是始終都不紅，或是聲名大噪後偶爾回來表演，總之對他們而言不過是演藝生涯中的一個過場之地。也有像妳父親那樣安定且定期演出的人們，他們最能帶給客人安心的感覺。」新谷先生說：「我什麼都不會，只是個平凡人。但我親眼見過的東西卻多得數不盡！」
「原來如此，所以你的想法才會這麼成熟。」我說。
「看過太多混沌迷離的東西，就會很想多看到像好好這樣輪廓鮮明的東西。」新谷先生說。
「什麼嘛！你的意思是說：因為看過太多的泥淖，所以看到美麗的蓮花頓時感到目眩神迷嗎？」我笑說。
「我可沒說得那麼露骨。」新谷先生也笑說：「我聽了妳喜歡的合成芽合唱團（Prefab Sprout）。我應該也會很喜歡吧。你父親的樂團名稱就是從那裡來的嗎？」
「不知道耶，我沒仔細問過。不過我爸很喜歡他們的歌，的確常在家裡放他們的唱片聽。家裡也有一些已經停產的黑膠唱片和ＣＤ。要的話，隨時都可以借給你。」我說。
我的心頭逐漸開始溫暖。
是這個地區擁抱了我，也是因為這家店的氣氛。

長年以來持續營業的這家店，肯定隨時都流動著跟昭和時代一樣的活力與空氣。重要的礎石是店裡的人以老闆為中心每天靜靜地堆疊出來的，樸實的風格也是客人們一起跟著塗漆上色而完成的。

我們的人生也開始被那樣教育著。不需要轟轟烈烈的戀愛，彷彿小學生不睡覺也能長大，就像韓劇裡的純樸情侶一樣。這個地區似乎告訴我其實人生可以不用操之過急。因為現在全日本不管走到哪裡，都有人要你趕快，可是在這裡你可以慢慢來、可以觀望不前、可以出糗、可以搞砸。人本來就有不完美的地方，有些事勉強不來的。有道是船到橋頭自然直，每個人都有不同的特色。

在這家店的柱子上和客人們通紅臉頰的皺紋裡，我彷彿可以聽見如今幾乎已經很難聽到的話語。

新谷先生「不用操之過急」這句話聽起來就像在說我們之間的關係，這句話也讓現在的我感到寬心。

頗具歷史的吧檯上排列著許多吃喝到一半的食物。即便是如此不甚美觀的畫面，都能讓平靜的心情錦上添花。

知道母親突然開始打工是那不久之後。

有天晚上因為臨時多出休息時間，我到附近的日本茶館喝茶。一進門就看見身穿日式圍裙的母親在工作。

「媽，妳在幹嘛？幫忙看店嗎？」

因為沒看到店長惠理姊，我心想媽可能只是暫時幫忙看店吧。

「不，我是在打工。前天開始的。誰叫好好每天都那麼晚回家，而且以前我因為興趣學過如何沖泡煎茶，因此我想稍微再重新學習的話，必要的時候我也上得了檯面。」母親一副雲淡風輕的語氣。

「是——是嗎……。」我驚訝地說不出話來。

不知道母親是否有認真寫履歷書？有沒有接受面試呢？

「那請給我柚子昆布茶。」坐好後我說。

「請問要用什麼茶點呢？」

母親用小托盤送來茶點的樣品讓我挑選。裡面有好幾盤不同種類但都很可愛的日式甜點。

「啊，麻煩請給我梅子米果。」我說。

感覺好像是小時候跟母親在玩辦家家的畫面，讓我有些難為情。

可是母親面不改色地以嫻熟的動作走回吧檯，態度平靜地開始準備茶具。這時惠理姊回來了。

「啊，好好，我請妳媽媽來店裡上班了。」

由於她跟往常一樣春風滿面地看著我，頓時讓我複雜的情緒不知如何發洩。

惠理姊立刻開始工作，儘管我的內心有些波動，店裡面的空氣顯得沉靜平穩。幾十年在這裡流動的空氣依然健在，並且隨時補充新的空氣。架子上排列整齊的茶罐，店裡的人們都顯得很悠閒隨意。燒開水的聲音和店內流洩的輕音樂結合成新的樂曲傳進我的耳中。

算了！與其讓母親一個人無聊在家，只能靠擦指甲油、漫無目的的散步、讀書來打發時間，出來上班我反而比較放心。只是在吧檯裡和惠理姊小聲説話的母親彷彿回到以前充滿活力的樣子，竟讓我有些忌妒甚至胸口作痛。

想到母親變得生龍活虎後我反而覺得困擾，不禁為自己的幼稚感到驚訝。原來為了讓母親是我一個人的，是我把她封閉在那間和室裡！一旦站在這裡，母親便成為眾人公有。

我用難以言喻的心情品嘗母親送來的熱茶，滋味甘甜很好喝。

是嗎……時間果然真的在走！我又開始這麼心想。

是時候我也該振作起來了，不能始終逃避父親的死。不要再自怨自憐，喟嘆我還年輕為什麼會有這種遭遇。因為事實就是如此，人世間還有更多人的境遇比我還悲慘。人生的常態往往是因為突然發生變故所以讓人難以接受，但變故總是會發生的。

努力工作的母親露出接待客人的笑容。看到好久沒有那樣子的母親讓我心情得到撫慰。感覺好像找回了什麼。找回了那種每個人都為了成家而辛勤努力的時代光輝，還有在失去的痛苦中所呈現的淒與美。

我暗自決定該慢慢把父親給忘掉了。不論是追根究柢還是祭拜供養，等過了幾十年都還可以再做的呀。母親充滿活力工作的模樣，在現實生活中發揮了平撫我心情的效用。而且店中插在桌上的小花、冒著熱氣的茶壺、裝滿開水的銀色水罐等都在教導我：不用操之過急。

然而我卻做不到。我心中那個陰沉、固執、彆扭的另一個自己，仍不斷用許多事情在糾纏著我。

那名婦人來到雷里昂，是在那天午餐時段即將結束的時候。

「可以只用飲料嗎？」站在膚色黝黑、開口如此要求的男人背後，從沒見過的婦人猛盯著我看。

「中午開到三點休息，可以嗎？」我問。

「好的，可以。」男人說。

我心想不知道是哪裡來的客人，說話有些口音。應該是他妻子的婦人，有一雙明媚動人的眼睛，神情顯得有些憂鬱。倒是身型頗為壯碩，有種經常勞動的氣氛。由於手上拿著東京的導覽書，我猜想他們應該是觀光客。

兩人點了咖啡後便開始壓低聲音交談。接著又合點了一份蘋果派。送上蘋果派後，我先到門口打掃，又進廚房幫忙美代姊準備晚餐事宜，所以沒有很注意他們的動向。因為聽見椅子的聲音，我想他們要埋單了，便趕緊走出去。婦人數好錢交給了我，我言謝後以為一切到此結束。

沒想到婦人開口說：「我姓中西，從茨城來的。」

我心想天啊！居然是茨城。

「因為親戚家做佛事，所以來到東京。有些話想跟妳說……是關於妳父親的事。」婦人說：「只需要五分鐘，可以嗎？我先生會在外面等，也不會占用妳太多時間，有些事我想讓妳知道。」

「我知道了。」

我很緊張地點點頭，然後跑去徵詢美代姊的許可。美代姊一看到我的表情，二話不說就應允了。

婦人站在原地開始訴說：「門口那個人是我再婚的先生。前夫差點被人殺死，就是那個女人。」

我的眼前一陣昏暗。瞬間才知道原來只要認識某人，自然就會有些好的和不好的牽扯。

「可是對我而言，那是一樁殉情未遂的事件，不過只是毀掉了我們夫婦之間的關係。而那個女人則是不斷想要勾引男人一起死，在我們那一帶已經出了名。她在酒吧上班，經常找客人一起殉情。雖然長得不怎麼樣，卻擁有一種魅力能夠吸引定性不夠且出身良好的男人上鉤。當然願意被牽著鼻子走的男人也有錯，問題是那個女人的手段特別厲害！我那離婚的前夫跟她生活過一陣子，很久以前就生病死了。他的性命肯定是被那女人給吸走的，她就是那種女人！」

「原來如此……」

看到眼前也有相同遭遇的人，不禁莫名其妙地心生感慨。

我甚至可以冷靜地想，被勾引的父親也有錯，實在太不小心了。同時也納悶一個女人家居然類似黑洞般的存在，這到底是怎麼一回事呢？我不敢妄加猜測，但能確定的是那種和自己的世界相去甚遠的存在，和自己之間不單只有流血事件的關連。

「所以說呢，可以的話，我想去妳父親的墳前祭拜一下。」

「不用不用，怎麼好勞煩妳走一趟。做佛事的時候，我會在心中代為轉告的。」我說。要是讓母親知道這個人說的這些事，肯定會氣得暴跳如雷。

「可是這樣我過意不去。一想到有人因為這樣而死，就覺得自己也有責任。」婦人的眼眶堆滿了淚水。「方便的話，請至少告訴我墓園的地址，好嗎？我想前去上香祭拜。就只是那樣子而已，我只是想求個心安。」

「不，請別這麼說……因為我現在的心情還很混亂，很多事情根本無法考慮清楚。如果只是要墓園的地址，我可以告訴妳，但是……」我說：「現在請讓我的家人能夠平靜。」

「我能理解妳的心情，我會悄悄前去祭拜就離開的，這樣我才能安心。不過如果妳們有考慮到做供養佛事，在那邊我們有認識的人，請通知我們一聲。」婦人直視著我的眼睛說。

她濡濕的眼睛很美，眼神中一派清明，感覺不到任何異樣的企圖。我知道她說的是真心話，也能感受到她現在已從這個問題解脫，心中充滿了幸福。

「假如有旅行經過也不要緊。如果有到茨城來的話，請讓我們表示一下心意。我住在鹿鳴。妳父親會過世都是因為我前夫逃過一劫沒死成，讓我覺得很過意不去。當時如果我前夫把那個女人一起帶到另一個世界的話，就不會發生這種事了。」

「妳千萬不要這麼想，都怪我父親的愚昧。」我說。

「不。不是那樣的。要不是我前夫的殉情未遂，又怎麼會牽累到你們家呢！我真是覺得丟臉。也很過意不去，看到報導後就一直掛在心上很難過，想說唯一能做的就是去墳前祭拜一番，所以才會過來這裡。」婦人說。

我將市區內埋葬父親的墓園地址告訴了對方。婦人和她黝黑的先生依偎地往車站走去。

我不禁心酸地感嘆果然父親……一向是老好人，很容易聽人訴苦搞得自己胃疼，有種很容易衰神上身的屬性。

儘管已經想通了許多事，遇到父親的事還是讓我莫可奈何。明知如今再做什麼他也無法回來了，偏偏就是拚命很想為他做些什麼。

彷彿單戀的人一樣，一心一意只想幫對方做事，即使不被注意也無所謂，只求有助於對方。

因為很想跟山崎叔說這件事，不得已打了電話。

緊握著手機，在南口站前的星巴克打電話給他。

我也自問為什麼這種時候不打電話給新谷先生呢？因為我很害怕新谷先生知道了會很高興地要和我一起去茨城，而且也會參加供養佛事的儀式。我害怕兩人的關係一下子拉得太近。

「喂！哪裡找？」

電話那頭傳來山崎叔熟悉的說話聲，很有效地讓我動搖的心緒立刻穩定了下來。也讓我突然為自己打電話來感到羞愧。

「我是好惠，現在方便聽電話嗎？」我說。

「沒關係。有什麼事嗎？」山崎叔說。

「嗯……其實也沒什麼啦，因為不能跟媽說，又很想找個人商量，所以就打了電話。剛剛有客人從茨城來，說她的丈夫曾經跟那個女人殉情未遂。她先生後來因病過世了。還提議說要做供養佛事，讓我的思緒大亂。我將墓園的地址告訴了她，後來又覺得早知道不應該那麼做。總之我是在頭腦不清楚的狀態下告訴了她。我不知道自己在做什麼，也不知道怎麼做才正確。」我說。說完之後才開始質疑自己，到底在幹什麼？

像個笨蛋一樣。這樣做簡直是在裝幼稚、裝煩惱、好像在跟對方求愛似地。可是我又找不到別人求救。只有山崎叔的聲音能夠接納我。明知道很愚蠢，但都已經做了。同時也能理解何以父親生前會那麼信賴這個人。

我想看到他的人，聽到他的聲音，然後才能覺得安心。因為他絕對不會勉強我，而且他也不會勉強自己。他心中有自己的一把尺和想法，不會口是心非提出不切實際的建議。

「供養佛事？為什麼是那個人做呢？怎麼想妳爸的供養佛事也跟她毫無關係吧？」山崎叔笑了一下說。

「說是因為有罪惡感。」我說。

「是哦，原來如此。那個人的心情我能理解。」山崎叔說。

我的心情逐漸恢復平靜，就連何以告訴那個人墓園地址會搞得自己心情大亂的事也忘得一乾二淨。

「萬一到時要去的話，需不需要我陪呢？因為如果是勸人入教的把戲，豈不是很討厭。妳媽也會去吧？要去沒什麼人煙的山林裡，最好能有男人陪著，我也可以開車去。」山崎叔說。

我很高興。關於父親的事，能找到可以交談的伙伴。新谷先生也是伙伴之一。這是因為父親的死而擴展開來的人際關係。有失也有得，我才不會被這件事給打敗了，我想。

「讓我再考慮一下吧。下次還可以打電話給你嗎？許多事我還是盡可能不想跟我媽說。因為現在她剛開始到外面打工，稍微比較有了精神，而且私下跟我爸感情好的朋友其實也不多。」我說。

新谷先生做事果斷富行動力，聊過幾次後我認為他並非合適的商量對象。因為跟凡事都想直接跳到結論採取行動的人商量，會受到影響也加快腳步，不知不覺間事情會發展成連自己都難以接受的情況，這讓我感到害怕。

「誰叫那傢伙個性陰沉、死腦筋、凡事容易想不開，所以沒什麼朋友……」山崎叔笑說。

我也笑了，就跟父親在世時一樣笑得很無邪。

雖然是沒什麼內容的交談，也沒有出現任何的言語珠璣。但是因為自己想說的話都說出來了而有一種安心感。對方也顯得輕鬆自如沒有任何壓迫感。言談之間存在著對方絕對不會口是心非的信賴感。我們共有父親在世時最快樂的回憶，彼此也都不想破壞那份美好的回憶吧。

「乾脆大家抱著郊遊的心情一起去吧？我也很想去。感覺要做些跟井本有關的事，心情才能平靜。其他的樂團成員和伙伴們每次見面都會提說找個忌日辦追悼演奏會。當然得等到妳媽的情況穩定，可以一起參加的時候。等到沒有人會哭出來的時候，大家一起演奏井本創作的曲子，相信他在天之靈也能聽得到才對。

對了，如果要去茨城，回來路上可以繞去大洗水族館。我和井本都很喜歡水族館。經常在巡迴演出時，利用空檔一起去，比方說像是大阪啦，還有沖繩。」

山崎叔說：「那裡也有溫泉。好耶好耶！我們一起去茨城吧！」

我知道他是為了鼓舞我才說的那麼興高采烈，但因為他那打從心底的天真無邪和誠摯的說話態度，讓我的心情好轉了一些。甚至也讓我開始想像哪一天我們三人一起到那個樹林去祭拜父親，之後的旅遊將會多麼的舒暢快樂呢？

「我也會試著邀我媽一起去。」我說。

入冬之後，露先館的燈光總是顯得比其他季節要溫暖許多。

那是一棟看起來像是即將傾頹的建築物，彷彿到處都滲透出明亮的燈光，也彷彿在冬天的空氣中散發出光暈。我很喜歡雷里昂所屬的這棟建築物。那種一般住家混雜著店家的感覺溫柔地覆蓋住這個街角。不論是古老的窗玻璃還是嘎嘎作響的樓梯，都讓曾經有過類似經驗的人們心生懷念之情。

包含居住其中某對夫妻的相處身影、櫻花樹、各式各樣的招牌等都結合成整體的印象，支配著這一帶的空氣。

在天空陰霾的日子裡，只要一看到露先館的燈光，心頭霎時會變得溫暖。經過一年四季各個時期的印證，我為自己能夠在那棟古老的建築物裡工作感到驕傲。

那天早上一去上班時，看見美代姊的樣子不太對勁。她坐在櫃檯，目光低垂地整理單據，很明顯散發出跟平常很不一樣的感覺。

「出了什麼事嗎？妳好像看起來沒什麼精神的樣子。」我問。

「聽說這裡要被拆掉了。我們店只能營業到年底就必須收起來。」美代姊一臉木然地說。

「什麼？」因為太過驚訝，我不假思索地說出了心中的疑惑：「這家店之後會變成怎樣？還有我呢？」

這才發現原來我始終以為在這裡的日子可以今日復明日，甚至延續到明年以後。但我錯了，而且要不是聽到美代姊這麼說，我還會一直錯下去。

「我還沒想到那些。今天才剛得知這個消息。雖然早就聽說這裡老朽的問題很嚴重，已經無法保存，沒想到那一天終於來了。」美代姊說話的語氣很平靜。

「我以為這裡就像是重要文化財的古蹟一樣，應該被保存的。」我還無法體會問題的嚴重性，有些語無倫次地喃喃自語。

同時也為已經開始習慣這種情況的自己感到震驚。從聽到的那一瞬間起，習慣的場面便誕生了，也跟著成長。任何事情都是如此。

「我也以為是那樣，但好像已經沒辦法了。聽說不是露先先生的意思，主要是大地主出了一些狀況，所以已成定局了。」美代姊說。

「原來如此……」我只能點頭接受。

美代姊看著我的臉說：「不過呢，我還是喜歡這個地區，我們的客人也很喜歡這裡，所以我決定還是要在下北澤開店。因此暫時會把店收起來，先去法國一趟。大約半年後吧，重新在這附近開店。房租應該不可能像這裡那麼便宜，畢竟當初是以拆除為前提承租的，可能店面會縮小吧，還好我存了一些錢，沒問題的。還有就是……好好。」

「是。」我很緊張地等待下文。

「如果好好願意的話，新的店也希望有妳幫忙。薪水可能會比現在少，我會盡可能調整，包含停止營業的期間，以及我的一份心意，我會給妳兩個月的薪水。」

「真的嗎？啊，我不是說薪水啦。」我說：「新的店我當然也要跟著來。我喜歡美代姊的手藝和下北澤。只要妳不覺得我礙事，我也可以陪妳一起去找新的地點。」

「謝謝妳。首先在這裡結束之前，哪怕頭髮變白了，我們都得全力以赴才行。」

美代姊微笑說。

「美代姊……這次的旅行，妳的男朋友或是朋友會一起去嗎？」我問。

「不會，我一個人去。而且現在的我既沒有男朋友，也不是談戀愛的好時機。開始和最後我會到巴黎找女性朋友，大約去一個月到兩個月的時間吧。」美代姊說。

「方便的話，請帶我一起去。以我目前的存款可能沒辦法去兩個月那麼久；但只要去重點的地方就夠了，我想知道美代姊今後的味道。我不會說法文，恐怕會礙手礙腳，但請妳考慮看看。」我不假思索地說完。瞬間我完全忘記了父親的事，渾身充滿力量。

「可以呀。我本來就打算前半段借住在巴黎的熟人家，後半段到北方和南方進行背包客之旅。我想去布列塔尼，也對普羅旺斯有興趣。總之整個法國，能跑多少地方算多少。所以後半段妳應該可以跟吧。至於巴黎的部分，只要妳告訴我有多少預算，我可以幫妳先預約適合的飯店。因為朋友的家很小，擠不下我們兩個人。」美代姊笑說：「就讓我們盡情吃便宜又好吃的美食，一起設計新店的菜單吧！」

「是，那就拜託美代姊了。」我說。

我希望這不是往後退而是向前進，否則就太傷感了。

「我很喜歡這棟建築，所以覺得很難過，而且也很擔心好好會辭職。現在我覺得心情輕鬆多了，也不那麼擔心害怕了，謝謝妳。」美代姊說：「這裡的吧檯以及小窗我都很喜歡，還有老舊的洗手間。雖然剩沒有多少時間了，我們好好珍惜吧！讓這棟建築能夠心滿意足地離開這個世界。我當然會難過，卻也為自己能夠參與其中感到光榮。感覺這棟建築在它漫長的歷史中，彷彿將最後的時間交給了我照顧一樣。」

她很理所當然地訴說著理所當然的情懷，聽起來卻讓我感覺很新鮮。

最近很少聽到有人像這樣認真說話。那是對土地有所感觸的人口中所說出來普通的愛的話語。因為那種人在這個世界上越來越少了，所以偶爾能遇到就感到很心安。

「我也會幫忙的。」我說。

我甚至認為這一輩子跟著她都不會後悔。

能夠那麼想是多麼幸福的事。如果我老是覺得洗碗盤很辛苦、早起很辛苦、整天站著做事很辛苦、切切洗洗備菜很辛苦，肯定就不會有現在的心情。而且一心只想自己出來開店，最後也會開出失敗的店吧。因為我的心也長出了那樣的肌肉，所以才能體會出美代姊的好處。

來到這裡之後，我覺得自己變得越來越真誠，也越來越腳踏實地。起初還抱著觀光的心情，如今則是日積月累地感受著一步一腳印將自己的足跡刻劃在這片土地上。

每天透過走路在地面上反覆留下足跡，也營造出自己內在的街道。兩者同時成長，相信在自己死後也能留下些什麼吧……我頭一次學會這種喜愛的方式。

這是我在故鄉的街道所學不到的。

因為我還沒有用自己的雙腳走過那裡的街道。如今回去的話，想必應該能夠心生無奈和懷念之情吧，可是沉重和灰暗的情緒也會隨之而來。

等將來父親的事塵埃落定後，我應該可以將那裡稱為自己的故鄉吧！相信那一天肯定會到來。

在這裡，我和母親都沒有說謊。也都能活出自己。

偶爾我也會想：唉，要是能夠跟爸一家三口在這裡重新生活就好了！

那是一個絕對不會實現的夢想。

我快要哭出來了，趕緊看向窗外。那裡是人來人往、一派祥和的茶澤路。

努力工作過著汗水淋漓、腰痛和富貴手交織的日子，贏得信賴已大致決定好未來人生路的我；還有不再勉強自己當貴婦、回復原來淳樸與活潑本性的母親。

如果父親能夠和改頭換面的我們在這裡生活的話，或許會心情愉快有所創新吧。

為什麼人生在世，只有身體會這樣自我調整呢？

不過也正因為那樣，人生變得更美好。因為身體能幫助我們。

今天母親依然置身在日本茶館的和風空間裡努力工作。過去她從來沒有像這樣站著工作勞動過身體，有時還得忍受肚子餓與疲倦。但隨著身體的新陳代謝，也一步一步往前進，將父親的事拋諸腦後。

在現在的生活當中，殘酷的是父親已不在了。再過半年後，我將前往沒有去過的國家接受許多刺激，繼續往新的味道前進吧。

當然也有不變的東西。回憶中那些懷念的色彩、味道、滋味和不同的地方。

不過我也知道無法再用身體的感覺去回味一切。就像是無法再聞到父親背部的味道，唯一只能靠回憶。

為什麼人生在世竟是如此的現實與殘酷呢？

頭一次意識到這項事實時，我整個人都愕然了。

消失的東西已不會再回來。

相對地，我也認識了下雨的茶澤路味道，那是我以前從不知道的。也認識了晴天經過南口的商店街，穿越邊走邊聊的年輕人群直奔往車站的獨特氣氛。

就連新谷先生也是半年前才認識的。或許對方本來稍微知道我，但對我而言他卻是個陌生人。

一心想忘了父親、凡事向前看而埋頭苦幹的我，身體卻無視於自己的努力狡猾地融入了現在之中。以至於我也沒有立場責怪一不小心被勾引到另一個世界的父親。擅自遺忘後，拋棄了些什麼。那些被拋棄的某種東西蜷縮在內在深處。因為無法以同樣的速度與時並進，自然而然漸行漸遠產生隔閡。

我不知道該如何才能放下。

我並不想再跟那個婦人見面分享什麼。或許那的確才是一種正式的做法吧，但我就是無法想像自己和母親坐在寂寞的樹林裡祈禱。反而是跟山崎叔、母親三人一起去大洗水族館的畫面，對於現在的我而言還比較具有真實感。如果說是為了安魂，那麼現在的生活本身就是一種安魂的儀式。沒有比這個還要真誠的祈禱了。

因為那件事，我們不再浪費生命和時間。因為與其試圖了解或自以為了解的想東想西，我們決定以自己的步調腳踏實地編織人生。

想著那些事的某天午後，我和新谷先生約在新宿見面。

我們一起去了The Conran Shop家飾館，有點像是陪他逛街買東西的約會。或許是因為好久沒有這種類似約會的行動，感覺有些不太自在。我甚至覺得穿著洋裝的我就像是站在道具背景前一樣地突兀。

站在大樓的一樓，看著混在人群中的新谷先生踩著光可鑑人的地板走來，他身上的薄外套迎風搖曳，我深深感覺到自己的突兀。

我真的越來越喜歡新谷先生的長相，怎麼看也找不出一處不喜歡的地方。眼睛和嘴角透露出他性格的大膽與沉穩，叫我心動不已。我情竇初開的心已完全飄向了他。我甚至覺得一旦時機成熟，真不知自己會有多著迷多痛苦。

我看他的眼光，彷彿年輕女孩看著心愛的男人卻有了人妻一樣的無奈。現在的自己不適合談戀愛，但如果時間和地點都對的話，不知道會燃燒的多麼熾烈呀！我不免有些不甘。甚至想像：假如和初戀的人到了中年重逢並交往，是否也就是類似的情況呢？感覺就像是心意不變，但既然要交往的話，就用更年輕的肉體不顧一切地盡情交往吧！

新谷先生哪裡知道我內心千迴百轉的複雜心情，只見他一看到我就露出笑容並加快腳步。

「上次停電的時候，一不小心絆倒把咖啡給灑在沙發上了，所以今天趁機想買張更好的，這可是我的夢想。之前的那張是從老家搬來的合成皮沙發。」新谷先生說。

「頭一次聽你提到老家，在哪呢？也是新宿嗎？」

「不是，是在日暮里。老爸和老媽在我讀大學時離婚了，現在老媽回到神戶的娘家住，只有老爸住在原處。已經再婚了，所以是跟那個女人一起住。」

「原來如此。我的父母在我小時候住過谷中一陣子。離日暮里不遠吧？」我問。

「好巧呀！妳還記得當時的事嗎？」新谷先生眼神發亮地問。

「不記得，因為那時我還是個嬰兒。」回答時因為自己沒有印象而感到過意不去。

「是嗎？那一帶的感覺很安詳，我很喜歡。有很多寺廟，到處都是坡道。下次去那邊走走吧？」新谷先生說，語氣聽起像是自己熟悉與熱愛的地盤。

「不知道我們以前住的公寓還在嗎？回去得問問我媽。」我說。

還以為他沒吃過什麼苦直接繼承了家業，我深深感到：果然這世界上沒有人是一路都順遂的。這麼說來，雖然狀況悲慘，但沒有離婚，家人也沒離散，就某種意義來說或許還算是感情不錯的家庭吧！

為了搭配新谷先生的房間，我們一起挑選了好看且質地厚實的藍色沙發。彼此討論說「顏色深點比較好、比較不容易髒」，看起來就像是夫妻一樣。

「價錢比我想的要便宜，所以今晚我請客。」新谷先生說。

「不用啦。我只是幫忙選，又沒做什麼。」我說。

「不行，因為妳每次都讓我吃到美食。」新谷先生說。

「那都是美代姊做的呀。」我笑說。

「我住的附近有間很好吃的韓國料理，一起去吧？」喜愛美食的新谷先生微笑說。

「好吧，反正今天我媽打工要到很晚。」我說。

「妳媽在打工嗎？在哪裡？」新谷先生一臉驚訝地問。

「花店前的日本茶館。幫忙送茶和照顧店裡的烏龜。」我說。

「哪天我裝作不知道去看看。真是太棒了，居然能見到井本母女。以後只要去那裡就能見到了。」

「那可不一定喲。我們逃跑的速度很快，又沒什麼身家財產，馬上就能捲鋪蓋走人！」我笑了，接著說：「不過也真是奇妙。有時候想買點東西，比方說想去便利商店而拿起錢包走到外面，結果一走在茶澤路上，感覺會變得不一樣。好像旅行一樣，好像在觀光地買一些紀念品似地自由奔放、心情雀躍。

以前我小時候，已經搬去目黑住時，有一次和我爸兩人一起搭公車來到下北澤的南口商店街。因為太熱鬧了，我還問爸說『有廟會嗎』，我爸回答『不是的，這裡一到星期天都是這樣』，然後牽著我的手一起逛街。我們坐下來喝茶時，也不忘欣賞眼前如國外祭典的景像。爸買了幾張唱片，也買了一個小錢包給我。

不過是個平常日子裡的一段很普通的回憶，因為天氣好、感覺像過節一樣，加上爸的心情很好，那個小錢包也用了很久，讓這一切變成了很重要的回憶。

如今偶爾抬頭望著天空時，會有跟當時完全相同的心情。好像旅行一樣。相信那裡的居民不可能都是當時的那些人，可是當我實際開始住到那裡後，總會遇到知道我曾經心情雀躍地走在街上的某人吧。只要彼此稍微點頭問候一下、稍微停下來聊一下天，就會讓人感到安心。

尤其重要的是，我身體的時間裡面已深深刻印了那一天爸牽著我的手的感覺，同樣地也刻印在那條街上。只要那條街還照應著我，我就覺得回憶是永遠不會消失的。」

「是嗎。」新谷先生說：「所以說一旦離開後又回來，也是一樣。刻印的東西不會消失。」

「嗯。我想大概就算不復記憶了，也不會消失吧。就算爸過世了也一樣。我猜想只要我們對一個地方有刻骨銘心的想法，自然就會產生那種力量吧？那感覺就算刻印的人過世了，還是會留下類似CD溝槽般的痕跡吧？」我說。

目黑的家對我而言，也是度過劍拔弩張的青春期的地方。

那是我開始討厭曾經天真無邪自以為深愛的母親，連碰都不願意給碰卻只能暗自忍受的時期。並對每天定時回家的父親感到羨慕得不得了的時期。複雜的情緒濃烈交織在一起，在那個家裡我幾乎整天都心情灰暗地無法面對自己的年齡。或許那也是我無法真正將其視為故鄉的理由之一吧。

當然如果有一天和新谷先生彼此憎恨到不想開口說話時，在我眼中的下北澤街道也將變成一片灰色吧？如果美代姊改在青山開店，我應該也會搬過去住吧？總之一切都會跟著當時的情況而轉變。

住在都會很容易忘記的事情之一，就是個人的力量其實很大。

比方說，設在大樓裡的大型書店裡總會有一兩個超級店員吧，當該店員異動到其他分店時，大家自然會覺得寂寞吧？但就像母親經常說的，很快地就會有新人遞補上來，書店還是會平安無事地繼續經營下去。都會的人會因為那種情況而安心。覺得世界不會因為少了自己而改變、公司也不會倒、社會依然在運作。

然而還是有人無法滿足那樣的情況。

我直到最近，尤其是在父親過世時他的樂團被解散後，才開始思考個人力量的問題。思考因為無法替代的那個人走了之後，只好結束的情況。思考就算撐了許久，終究還是會結束的事實。思考這股油然而生想要好好品味現在的心情。

儘管對於人們所謂「現在稍縱即逝」的理由我毫無感覺，但當有人從這條街消失時，卻又很自然地懷念起昨天之前無法取代的往昔。我以為人的感受頂多只能到達那種程度。儘管知道地球有一天會消失，但不到那一天就無法有所感受。一想到下北澤會消失，我就開始惴慄不安。大概就是那麼回事吧！

那間總是門庭若市的泰國小餐館，如果少了美雪姊、如果看不到她用纖細的手臂在窗邊甩動平底鍋，那味道將不復重現。店前的花草樹木也會枯萎吧？如果老闆阿哲哪天出車禍突然過世的話，食物味道也將變得令人難過和失望吧？每到夏日傍晚，聽見做菜的聲音和香味從那五彩繽紛的店門口傳出時，明明沒有去過泰國，卻會心生懷念之情。暮色中，隨著店內黃色的燈火點亮，就有種想回家的感覺。走進店內，看到店家迎人的笑臉，就像煉金術的變化一樣，對黃昏易逝的傷感頓時化為同等分量的幸福感。那麼厲害的魔法竟是這個世上感情融洽的兩個人所創造出來的。

如果那間二手書店的阿服不在了，大家在經過店門口時就無法探頭詢問他是否安好了吧？到處堆滿書本雜物的地板和掛著奇妙圖畫的牆壁，只因為是老闆的家，才會讓所有寂寞的人們自然而然都想走過來吧？

若不是惠理姊每天的細心照管，店裡的烏龜肯定早就一命嗚呼了？那些茶壺也都了無生氣彷彿死了一樣吧？

雷里昂也是一樣。如果美代姊不再堅持品質、隨隨便便地做菜，從此那道知名的沙拉將不再經由她巧妙的雙手大盤盛出，變得湯水淋漓軟爛不堪。同時店裡也將只剩下古老破舊的氣氛吧？

如果母親常去的酒吧少了千鶴的坐鎮，只怕這條街會因為那些無處可去的中年人苦悶憂鬱的嘆氣而變得昏暗吧？

這是怎麼回事？整條街竟是靠著每個人的個性交織而成的。我並不想知道那麼可怕的事實。

那也意味著將得知自己的責任有多重大。一旦長期工作下去，總有一天會有許多人是因為我的笑容而上門。儘管不是家人，卻被當成家人般對待。為了同時享受到美代姊的味道和我的服務而蜂擁而至。

我感到一股強烈的頭暈目眩，沒想到大家居然對如此重大情事可以表現出若無其事的樣子。

吃晚餐前，我跑去新谷先生生的住處借CD。

也就是說……那代表著我們之間可以有更進一步的關係。

我們已經在一起很長一段時間，經常很自然地擁抱與牽手，彼此很熟悉共處的氛圍。甚至對於自己可以這麼自然地站在他的房門口，我也覺得很驚訝。

雖然我想新谷先生應該也有點緊張吧，但畢竟是他的住處，所以可以毫不猶豫地立刻打開門。

首先映入眼簾的是可愛的音悅牌（Tivoli）木製音響。我說，「還以為你會用更大型的擴音機和音響器材呢。」他聽了笑說，「因為房間太小了。」

空間比一般的一房一廳要大些，但生活樣態比我想像的要簡樸許多。木頭地板擦拭得光可鑑人，不見任何的灰塵和霉味。廚房有經常使用的感覺，鍋具也不是亮晶晶的，可見平常自己也做飯。呈現出一種恰如其分的生活感。窗邊種著酒瓶蘭的盆栽，伸展的枝葉映照出奇妙的陰影。

我心想好久沒踏入男人的家了！該如何形容這種獨特的心情呢？這裡不是我的家，是跟我有距離感的人的家。感覺有些見外。而現在的我最想要的就是安心感，我永遠也無法適應這種見外感。

「茶還是咖啡呢？」新谷先生問。

「可以給我咖啡嗎？」我一說完，新谷先生就拿出馬爾地夫的紙袋。我的心情頓時變得輕鬆。他操作咖啡沖調機的動作很熟練。

「動作很俐落嘛，很想把你挖角來我們店裡。」我說。

新谷先生笑說：「再多請一個人，薪水應該不高吧？不過妳工作那麼勤奮，我應該也沒什麼事好做吧！」

那條街、那間店已深深植入在我們之間，感覺很舒適、很自在。我只是茫然地生活在其間，卻又感覺到這個人確實存在，我們之間每天都有著什麼東西在慢慢滋長。

我就像在女性朋友的房間裡一樣，心情輕鬆地慢慢喝著好喝的咖啡。

新谷先生從架上取出他推薦的ＣＤ借我。有些是他認為我應該會喜歡的音樂。

當他播放之前在他的店裡現場演奏過，也是他看好的樂團的ＣＤ時，老實說我覺得還好。那些年輕人的演奏對耳朵已經被養刁的我顯得太過單薄，而且唱腔和歌詞也很幼稚。可是看到新谷先生認定他們會紅的高興模樣，我不敢說出真話，只好假裝聽得入神。

仔細想想，我從來沒有想說什麼就說什麼地跟男生交往過。總覺得犯不著由我開口而噤口不言，結果反而常常招致誤解。或許是因為年輕使然吧。

架上有新谷先生小時候的全家照，背景是神轎、攤販……等熱鬧的廟會。

「哪裡的廟會？」我問。

「諏方神社。從知名煎餅店附近的路走進去，在高台有座神社，那裡會舉辦盛大的廟會。舉辦廟會的日子，我和老媽每天都會去逛，晚上老爸下班後，一家三口又去逛到很晚才回家。在那一帶應該算是相當熱鬧的祭典吧？直到現在我還會夢見從神社後面俯瞰的街景。比起有名的根津神社祭典，或許我更喜歡這個廟會吧！」新谷先生說。

「當時你們一家三口感情很融洽吧？」我問。

同時心想就跟我家一樣。照片中的新谷先生夾在父母中間，被父親的手緊緊抱著，感覺好像被當成王子一般地守護著。

「我們兩人都是獨生子女耶。」

「說的也是。肯定因為是獨生子女，所以當我們離家獨立後，其他家人也跟著都獨立了吧？妳們家的情形不能說是獨立，我們家則是那種感覺。不過沒有任何人生是一無所有的，只能說我們家遇到的變化算是比較自然的動態。」新谷先生說。

「小時候，我們家的確感情很融洽。因為住在老街，在外面吃飯比較便宜，所以全家人經常外食。不過都是些炸豬排、中華料理等很平常的東西。從這個神社走下坡道是商店街，隨時都很熱鬧，賣的熟食小菜也都很便宜。每到傍晚老媽就會牽著我的手走下坡道。從階梯上面俯瞰商店街的感覺，就像是隨時都有廟會一樣。」

聽著你訴說回憶、小時候去過的商店街等往事，感覺還不錯。但也僅只於感覺還不錯的氣氛而已。目前我還不想增加濃度。為什麼我會絕望地認為自己肯定不會跟你的母親見面呢？相信我們今後會上床吧，但那又怎樣？又能改變什麼呢？我心想。

我們太過年輕，今後還會遇到許多的事。我們不可能永遠像現在這樣的平靜。就像落在我們家人的各種變故一樣，我們這種清淡如水、氣氛很好的戀情遇到暴風雨肯定馬上就會被吹得一乾二淨的，我是如此認為。

所以算了吧！不要提起家人、回憶等跟未來有關連的話題。因為我的眼前已逐漸開始昏暗。雖然平常的我是不會這麼想的，但現在我覺得那一切都離我太遙遠、感覺很麻煩、也太過於健全了。

然而就在我這麼想的時候，剛才聽新谷先生喜歡的樂團演奏感覺「不怎麼樣」的音樂突然間變得好美，甜美的旋律溫柔地包覆著我。他們歌頌青春的無奈、找不到出口的戀愛痛苦突然觸動了我的心弦，讓我十分驚訝。真的，他們真的很有才能！說不定會大賣！原來新谷先生是用跟我不同的角度在捕捉音樂。

剛才對新谷先生一瞬間產生的失望頓時融解在那首樂曲的精采之中。

主唱充滿特色的嗓音顯得無比溫柔，讓想法彆扭的我不禁豎起耳朵傾聽。

或許是誤解了我的沉默，新谷先生突然抱住了我。

我們的初吻就在那種彼此想法不一致的情況下發生了，但也讓我意識到：啊，新谷先生也是個男孩子。我們可以感受到彼此身體的反應。不管怎麼說我們是在戀愛中，也有活生生的情慾。儘管我心已死，身體還是渴望著異性。

吻過之後，新谷先生依然靜靜地抱住了我，我可以聽見他的心跳聲。我心想：這裡的確有個人在，接下來的瞬間又想起了屍體。我不是以為自己已經完蛋，已經完全死去了嗎？

不行，一想到自己還無法戀愛時，淚水便撲簌而下。

「今天到此為止，我想妳應該還無法談戀愛吧。」新谷先生說。

「什麼嘛，聽你這麼說，我覺得很不甘心耶！」

我笑著抬起了頭，淚水卻不聽指揮地泛流。絲毫沒有美感可言，不但淚流滿面，我想表情應該也很可笑吧！

「我沒有說要等妳，畢竟我也是男人。不過我也不急，反正那條街和那間店又不會跑掉，妳也不會不見。」新谷先生眼神溫柔地說。

「你好清心寡慾喲。」我說。

「不，我是野獸。常有人說我的性慾很強。」新谷先生笑說，那是成熟男人的笑容。

我心想搞不好他是在開玩笑吧？

「下次睡在這裡吧！」新谷先生緊緊抱著我說。

背上有隻手緊緊貼著，我卻不感覺討厭。

「嗯。」我說：「反正又不是被某人給強暴了，我沒事的。」

「不對，妳們母女不是遭遇到更悲慘的命運嗎？其實妳們應該用力恨對方的！」新谷先生冷靜地說。我很感謝他的善解人意。

「我們已經很用力恨過了。在這平凡的人生中，從來沒想過會這麼的恨過一個人。一想到那個女人，眼前就一片黑暗。」我說。

「妳還可以更加怨恨的。妳就是人太好！」新谷先生說。

我心想是嗎？

當然也會有恨得不得了的時候，但我現在已經逐漸能稍微客觀地想說：那個女人應該也遭遇過很多問題吧。情侶之間出問題：雙方都要負責任。並非只有父親是受害者。畢竟不是發生在我身上的事，我實在不清楚為什麼會變成那樣。我頂多只能理解成：難道是有過一次殉情未遂的經驗，所以食髓知味嗎？她其實並沒有尋短的意思。但就算搞清楚又能怎麼樣？我年輕而殘酷的生命力因為怒氣而隱隱作痛。

我們坐在新谷先生家附近那間好吃韓國菜餐廳的包廂裡，氣氛輕鬆地享受著美味的豆腐鍋、泡菜拼盤和鹽烤牛舌時，我忍不住開口問。

不知道為什麼我們兩人一起吃飯時，感覺上我總是吃小菜，新谷先生則是順其自然地大吃特吃。現階段我已經吃飽了，但對他而言不過只是前菜而已。萬一一起生活，只怕有一天他會變成大胖子吧，一想到這一點，剛才接吻的事便完全失去真實感。而且我是在連自己也搞不清楚是否在談戀愛的狀況下，自然跟他走到這個地步。

「新谷先生！」我說。

「什麼？要點牛小排了嗎？」

看到新谷先生一邊看著菜單，一邊很自然地這麼問，我覺得很好玩。

我想不能說他太強勢，應該解釋為教養太好吧？

「剛剛你說以我現在的狀態根本無法談戀愛，該不會你的意思，是要跟我分手嗎？還是說我們根本就沒有在交往呢？」我問。

「什麼嘛，妳的質問！這話要是從別的女人口中說出來，我可能會覺得很討厭；不知道為什麼是好好問的，我卻一點也不介意呢？」新谷先生說。

「我哪知道呀。」我說。

「妳覺得原因何在呢？」新谷先生一臉正經地說：「我沒有那個意思，只是剛才我覺得有些不太對。啊，我不是那個意思，不是要分手啦。」

他說完後很不好意思地臉紅了，感覺很可愛。

「剛才我是覺得太快上床的話，妳可能會突然討厭起我。」

「我覺得應該不會，因為就算出了什麼問題而分手，我還是不會討厭新谷先生的。我只是現在面對任何事情都不想有太激烈的情緒。」我說。

「那下次妳來我那裡過夜吧！因為怎麼想我都不可能在好好家過夜吧。」新谷先生笑說。

我凝視著他不禁心想：為什麼他可以大刺刺地說出這種丟人的事呢？唉！在他的生活中一定經常有女人，他一定很有女人緣，所以才會這麼習以為常吧。為什麼他這種人會跟如此不解風情的我在一起呢？

這家餐廳有很多攜家帶眷的客人，經營餐廳的也是一家人。廚房裡面有婆婆和媳婦，負責外場的公公和兒子說話聲音很大，但態度卻很和藹地在相互確認點菜的內容。整個餐廳就像是一個大家庭，在夜路中散發出溫暖。

置身在那樣的氣氛中，我暫時忘掉了過去的不幸。

我茫然地心想：身邊有個類似情人的人，和母親感情甚篤，工作狀況也更上一層樓，或許現在的我逐漸臻入相當幸福的狀態也說不定。在烤肉的香氣、人們交談的聲音和這讓人暫時忘卻日常煩悶的時間帶所呈現的獨特開放感中，那種感覺油然湧上心頭。

「來點烤羊肉吧！這裡的羊肉比起一般的餐廳要好吃多了。」新谷先生無邪地說。

「我覺得我應該可以烤得不錯。因為每天都很仔細觀察美代姊怎麼烤肉。」我笑說。

於是我們點了好吃的羊肉，一起等著上菜，一起認真烤肉，一起吃得很開心。

我的精神也充分享受那種幸福感的過程。感覺自己難得湧現如此愉快的心情，並且心生感謝。謝謝你，新谷先生，找到了我。儘管你的生活態度似乎也是「不看別人，一個人靜靜地過」。

母親也漸漸起了變化。

感覺自從在人前工作後，她整個人都顯得精神抖擻。有天晚上，看到母親相隔多時居然又開始敷起了面膜，而且還是她以前常用的嬌蘭保濕面膜，價格不斐。

「哇，好厲害呀。看到媽敷著面膜的臉，真是懷念呀！新買的嗎？」我一問，她面不改色地回答：「才不是呢，我是回目黑拿來的。想到品質有效期限快過了，趕緊跑回去拿來用。」

我心想：是哦，原來妳已經可以為了拿面膜而回老家了。

「終於感覺生活步調安定了下來，在這裡的生活也開始需要留意起肌膚的狀態了。然而心情像學生一樣，肌膚狀態卻已邁入中年。」母親笑說。

「應該算是好現象吧？」我問。

「昨天花了大錢去做保養。就在這條街上的Tomod's藥妝店三樓。那種貴婦常去的高級店。」

「天啊，媽恢復得跟以前一樣了。」

「我在那裡用機器做奇蹟式小臉按摩。妳不覺得我的臉變小了嗎？」母親得意地問。

「這麼一說，感覺下巴真的是緊緻了一些。」我說，的確不像從前那樣的有垂墜感。

「對吧？」母親笑說：「雖然得節省過日子，但至少半年也得去一趟那種地方才行呀。」

「哎喲，有什麼關係呢？反正媽也有在打工呀，肯定沒問題的。」我說。

「我們店裡的客人都很好。忙的時候，來店的客人都願意等。既然是工作，難免會遇到討厭的人，還好惠理一向都應付得宜，我才能平穩地工作。店裡打工的人都是做很久的人，老闆對我們也很好。」母親說。

母親沒有提起父親的事，但並不表示她已經完全穿越了，我很清楚。看到她努力站起來的堅強力量讓我很驚訝。不禁覺得自己與其花時間遇到事情就哭或躲起來，更應該努力振作才對。同時也心想：或許這就是父親和丈夫之間的差別吧？

之後過了一段時間的某天夜裡，我休假待在家裡，因為聽到一進門的母親說「我要回目黑家拿可以噴出霧氣的蒸臉機」，便跟著一起去。我已經好久沒有回到那個家了。

沒人住的房子果然顯得很寂寞。

且不論有沒有父親的鬼魂，用鑰匙打開門觸碰到那種空蕩蕩的寂寞感時，總覺得好像要走進惡夢之中。一踏入玄關就聞到老家懷念的氣息，也能回想起這房子還有生氣時的種種。可是一切都已經靜止不動了。

母親動作迅速地走進去開窗、開燈。

我回自己的房間拿了幾本食譜和小說。然後稍微整了一下在下北澤看完的書和夏天的衣服放進書架和衣櫥裡。

忙東忙西之際，感覺好像有什麼東西在追趕著我。

暗自希望父親的鬼魂能夠出現而不停地望向鋼琴的方向，可是他沒有出現，也感受不到他的存在。整個屋子空蕩蕩地。

我不禁懷疑自己真的在這裡生活過很長的時間嗎？不管是手、腳和眼睛都還記得對這個房間的觸感，也還記得房間裡的味道、到門把之間的距離。甚至還能快速通過走廊不會碰到牆壁、沒有開燈也能順利上廁所。那一切都帶著濃厚的陰影，令人懷念到快要吐出來，但這地方已經不屬於自己了。回憶被厚厚地重複塗上好幾層外殼，難受得幾乎呼吸不到眼前的空氣。越是想看清楚，成千上百的回憶畫面就像濾鏡般重疊在一起，讓視野變得濃密模糊。不行吔，這樣好像是躺在棺材裡，我心想。一個人在這裡生活的話簡直無法呼吸，我完全可以明白此刻站在我房門口的母親的心情。

已經將化妝品塞進包包裡的母親站在我的房間門口說：「好好，本來是想說好久沒回來這裡吃法國菜了，可是在這裡我的回憶太多，動不動就覺得很痛苦。白天我一個人回來時從不會這麼想，可能是有人陪著起了依賴心，越來越覺得寂寞和難過了。」

我懂，我感同身受地用力點頭。

「我們回去時吃咖哩吧？」母親說。

「贊成！今天有開嗎？」我笑了。

我們之間只要提到咖哩，肯定指的就是那一家店。那是一間裝潢成木屋風格的知名小店，離我們家約走路五分鐘的距離。

「嗯，剛剛我確認過看板，有開。好好要吃什麼？」母親說：「我今天要吃菇類的。」

「我要重口味的蔬菜咖哩，而且是大盤的。」我很認真地回答，同時心情也變得開朗了起來。

「為什麼那家店的咖哩會那麼好吃呢？而且白飯絕對不會吃剩。大瓢的咖哩淋在飯上，幾乎都快滿出盤子了，看了心情都覺得很豐盛。而且店名還有茄子兩個字，感覺好像又甜又好吃。」母親微笑說。

我感慨良深地心想：能在這個家看到母親由衷露出笑容，不知道已經相隔多久了？以這個家白牆為背景的笑容真是叫人懷念呀！

「那我過去打掃了，等妳忙完後叫我一聲。」

「嗯。」

多麼平實的交談，但對我們彼此而言卻是平等對待的決定性瞬間。完全出乎預料，突然的一時興起。想回家一趟，想去吃轉角的咖哩店去。很想有看到轉角立著看板就覺得很安心的那種心情。很想有推開木頭門，走進那個安靜祥和，宛如朋友房間的小店裡，看到那對沉默寡言做著好吃咖哩的夫妻和服務態度笨拙樸實的店員們，就覺得很安心的心情。

肯定我們內心都會對彼此有同樣的想法而驚訝。搞不好相互都有同樣的心情，對方也想回去以前住處的懷念店家走走，彼此卻有所顧慮。

因為提到我們目前的住處，時間彷彿又回到了我們的手心之中。沉重的空氣豁然開朗。那一瞬間，也就是我們真的決定該離開這個家的瞬間，不再有任何的眷戀。我們很清楚地感受到在這裡已經沒有可做的事了。

帶著行李，我們準備動身離去。在我穿鞋子的時候，母親突然想到說：「我覺得這樣很不好……」

我點頭說：「爸的相片吧？好呀，那就帶走吧！」

我似乎能理解母親的心思，因為我也有同樣的想法。

「妳怎麼知道呢？」母親睜大了眼睛問。

「因為我也覺得那樣比較好。」我說。

母親點點頭，又走進了房間裡。

然後抱著原本放在擴音機上面有著父親照片的相框回來。

「在那裡記得每天都要供花，我怎麼可以被打敗呢！」母親說。

「嗯，就那麼辦吧！」我說。

一家三口的合照早已經放在我房間的電視機上面。但父親的獨照如今才正式要放進我和母親的住處。

「對呀！我們怎麼可以被打敗呢。雖然已經敗得很慘了，幾乎快到無法挽回的地步。」我說。

「妳怎麼突然間可以說出那麼好笑的話呢？」母親發自內心地笑說，並關上了門。

上鎖後，我們離開了以前住過的老家，真的離開了這棟從此應該不會再回來住的房子。當然今後還會回來幾次吧，事後回想才會覺得到時候才算是真正的告別吧！

吃完好吃的咖哩，順道走進附近的小花店。充滿活力的女店員露出親切的笑容將花束交給我們，回家後插進在茶澤路骨董店買來的昭和時代牛奶瓶中，放在父親的遺照旁邊。然後將精油倒入薰香燈裡，點燃蠟燭。微弱的燭光輕輕搖曳地映照在牆上，整個房間瀰漫著薰衣草的香氛。

看著被所有東西包圍的父親照片，感覺父親終於也搬到下北澤了。

有種完成一件事的安定感……。

「媽，我沒有催妳的意思。以前的舊家妳要賣還是出租呢？」我問。

「嗯……應該偏向出租吧。」母親說：「我在舊金山的好友大概一年後會回來，說不定到時候會賣給她吧。因為她知道我的情況，答應可以保留現有的一些家具，也願意付高一點的租金。家境富裕的她表示只能用那麼做來表達關心，而且還說反正她也是要在目黑區找房子。在那之前只要稍微收拾整齊後，說不定我也可以在好好下北澤的住處附近，另外找房子住呢？目前還沒有具體想過這個問題，只是有那種念頭罷了。」

「嗯，那樣應該不錯吧。既不會感到悲傷，爸也會喜歡吧。」我說。

「沒問題啦，今天已經把妳爸帶過來了。那些不能原諒的部分就暫且先擱在一旁吧，總之妳爸的靈魂本尊已經來到這裡了。」母親說。

聽到母親以妻子的身分說得那麼確定，讓我覺得或許真的是那樣子吧。

於是我又夢到了電話。

目黑的家變成一片空蕩蕩地。

除了斑駁的牆壁，沒有留下任何回憶。鋼琴也不在了。陽光從窗口照在四方形的地板上。

我茫然地站在那裡，心想已經搬家了嗎？怎麼那麼快，一下子就都搬走了。那我現在又是身在哪裡呢？我的東西都怎麼處理了？不是還沒有決定嗎？

茫然地想著這些問題。

突然間手機聲響了。我從包包裡取出來接聽。

「喂？」我說。

「喂！」是爸的聲音。

「沒事的，爸的照片已經帶去下北澤了。」我說。眼淚啪搭啪搭滴落。

「爸、爸！你不會討厭我們吧？」我問，但得不到回應。

我拚命地哭，哭到站不起身，雙手趴在地板上。那是我小時候經常在上面打滾的地板。很快就會有新的住戶搬進來，擺上陌生的家具吧？

「我好想爸呀，你為什麼打電話來呢？」我問。

另外一個我立刻回嗆自己說「妳應該可以說些其他的話吧」。然而夢中的自己經常是毫不掩飾又很笨拙的。電話那頭的人絕對不會討厭我們，感覺父親還是跟往常一樣地安靜。

我心想對了，父親沒辦法打電話。死去的時候，不就是急得找不到手機打嗎？一定是那樣子沒錯。

猛然睜開眼時，我在午夜的房間裡坐起身來。

薰香燈的香氛還在房間裡瀰漫著，燭火也還在燃燒。那裡有父親的照片。照片中的父親笑著。搞不好拍這張照片時，那個女人已經出現了，總之那是跟我們一起生活時的父親。

對了，肯定是這香氣和花朵的繽紛開啟了夢的路徑，睡得迷糊的腦袋莫名其妙地這麼想著。擅自很放心地認定父親已經沒問題了。雖然不知道理由何在，總之時機點很重要。若非是今天就不行，肯定是這樣子沒錯。

看往旁邊時，母親正睡得香甜。總有一天母親也會離我而去到另一個世界。可是現在她就在這裡，睡得很香甜。嘴巴微開，悠遊在夢的世界裡。的確我身邊還有很重要的人就留在這裡。

我又安心地躺了回去。由於睡得迷糊，感覺手機就在身邊而稍微找了一下，找著找著便陷入了沉睡。

擔心害怕的事終於少了一些，今後可以安然地過日子了，這種心情緊緊地包覆著我。就像羽絨被一樣，不管內外都很柔軟溫暖。

是的，可怕的事並非只有父親的鬼魂仍徘徊不去，我很清楚地知道母親心中完全捨棄了父親才是真正的可怕！

那名婦人再度一個人出現在店裡，已是過了一段時間之後。

由於午餐時段很忙，我沒有露出不悅的臉色算是盡了最大的努力。

好不容易心情才剛平靜，也不再夢見父親，她為什麼又要來喚醒我的回憶呢？我甚至想忘記這世界有個叫做茨城的地方。

「對不起，我來這裡會讓妳很不高興吧。」婦人說，接著心懷愧疚地點了午餐。

不管我心裡覺得多麼不高興，想到這個人也很關心父親的事，而且沒事也不可能大老遠跑來，我還是面帶微笑地送上午餐。我喜歡婦人吃飯的樣子，似乎很享受食物的滋味。一點也看不出來因為順便的關係而吃得很敷衍。

看到別人進食的模樣就能感受到對方的心情。哪怕是裝模作樣或是努力學過禮儀，也瞞不過我每天觀察人們進食的雙眼！

而且扯得遠一點，她有心去掃墓的行為，說不定有可能對平緩我們的心情起一些作用吧。因為人世間的許多事是無法預料的。

送上餐後咖啡時，我順便開口說：「日前謝謝妳去祭拜我父親。因為我和家母很少去，真的很謝謝妳。」

婦人緊繃的神色頓時鬆開，安心地笑了。

看來她真的認為會引起我的不快。其實我也以為自己會很不高興，可是看到婦人認真的眼神，知道她沒有惡意也就解開了心防。

「我也有我的處境，只能做到那樣。引起妳的不快，真的很對不起。這是……」婦人邊說邊從大背包裡取出一個小布袋。小布袋裡裝著用漂亮衲布做成的布袋。

「我跟認識的人要來的。」

因為我對那種事不太清楚，便胡亂猜了一下：「是鹽巴嗎？」

婦人點點頭，我心想居然猜對了。

「沒錯。那個人是我認識的人之中具有靈能的高人。這一次的事也承蒙對方許多幫助，所以我便試著請教一番。也許只是求個心安吧，請妳下次要去掃墓或到出事的地點時帶在身上吧。」婦人微笑說。

我心想「我才不去呢」，但沒有說出口。

這個人先生被別的女人搶走，差點被殺死，之後離了婚，前夫又病死，可說是人生遭遇相當不幸。儘管後來的情況開始穩定也很幸福，但是能夠對未曾謀面的陌生人如此親切地多管閒事，也真是太厲害了，一股尊敬之意油然而起。

雖然她的這種行為很有可能遭到被人灑鹽驅離的命運。

「妳或許要問我為什麼這麼做吧？」婦人似乎看穿了我的心思這麼問。「妳們的心情，我其實一點都不知道。只是覺得在這個世界上自己好像跟妳們最接近。有種內心深處相互連結在一起的感覺。儘管不想恨人卻怨恨不已，不想怪罪他人卻還是怪罪，不想想太多卻還是鑽牛角尖。」

因為她說的很對，我只能默默地點頭，然後問：「我從來沒有去詢問過那種看得見看不到的東西的人。請問那位高人對於這件事說了什麼？」

婦人眼光低垂。

然後好像下定了決心看著我說：「高人說那個女人只要不停跟男人睡，就會勾引出她內心深處對死的渴望。」

我的胸口好像被什麼東西用力刺了一下。

一想到這一點，父親好像又離我更遠了。

「還說那個女人光是想找個人陪她一起死的行為，就已經不能算是這個世界上的人了。所以沒有必要可憐她，但也不用憎恨她。高人還說每個人都有自己的問題，可是我聽不太懂。」

婦人說話的口音有些奇怪。我突然想起那個死去的女人應該也有同樣的口音，不禁毛骨悚然。

「可是留下的人必須活下去。」

這時因為有其他客人在招喚，我必須前去服務。

「是的，謝謝妳。我會好好保存，將來有機會去先父過世的地點時，會撒在那裡的。」我說完，收下那個裝有鹽巴的漂亮布袋。

婦人慢慢地喝著咖啡，臉上露出了笑容。那是一個身材圓滾滾、小腿肚結實、穿著樸實的中年婦人。

今後我們大概不會再相遇了吧，可是這一生她卻和我有著難分難解的連結。

人生究竟是怎麼一回事。

感覺真是不可思議！

我認為當有什麼東西重疊時，總是會接二連三。而且其中肯定潛藏著如泡沫般發自無意識間具有某種意義的理由。

那之後我和新谷先生的距離又拉近不少。或許是因為彼此說出了在意的事而感到安心的關係吧。對於自己有些欺負一直表現得很節制的新谷先生，我乖乖地做了自我反省。他比我想像要成熟許多，也很認真地在看待我的事。

老實說，對於新谷先生因為我是「死了父親的可憐女人」才對我感興趣，我內心深處是有些怒氣的。但我逐漸明白其實並不是那樣。越是了解他，我也開始越受到他的吸引。

於是我對他的傲慢心情也跟著消失了。

我還沒去他的住處過夜，他也不會像高中生一樣猴急地想要在路邊或電梯裡索吻。不過當我們散步或坐下的時候，那種不經意手牽手或自然依偎在一起的情形倒是變多了。

想到他平常一到餐館快打烊時就會坐在吧檯前等待的日子也已然不多了，到了那一天我也將結束工作離開這裡。

雷里昂也慢慢開始在做結束的準備。

有一天美代姊整理櫃子時喃喃自語：「對哦，夏天已經不可能在這裡推出刨冰了。」

我聽了也很難過。正因為那年夏天是個最糟糕的夏天，所以回憶中新鮮水嫩的沙拉和冰涼的刨冰才會歷歷在目。那是讓我們重生的滋味。

話又說回來，就算真的有結束的一天，目前也只是告一段落而已。因為美代姊和我還要繼續做下去，餐館也會重新開張。我和美代姊相互激勵現在不是悲傷的時候，那一天兩人還是將店裡打掃乾淨後才離去。

分手前美代姊還一邊上鎖一邊說：「又不是最後一天，心情卻變得這麼沉重。」

怎麼會這樣呢？明明是已經要拆掉的建築物，我卻反而更加熱心地打掃。更用力地擦洗地板，窗戶也擦得特別乾淨。那種心情就像是面對尊敬的人一樣，也彷彿這次的打掃是人生中僅有一次的打掃。

我甚至覺得要是父親也有同樣的心情就好了。關於父親，畢竟人已不在，我多半抱持死心斷念的態度。

新谷先生在千鶴姊的酒吧等我。他說今天無論如何都想喝酒單上列出來的「棕熊濃」黑啤酒。當我走進七〇年代搖滾樂聲震耳欲聾的地下室時，不知道為什麼卻看見新谷先生和母親對坐在裡面的包廂。

酒吧是用手工玻璃裝潢，整體像是馬賽克一樣，也像是高第喝醉後的創作，看起來很有意思。一隻大蜥蜴從天花板上俯視著店內。在說不出是阿茲特克還是西班牙的裝潢風格中，擺了幾張充分運用原木樹皮和突起等特色製成的桌子。雖然音樂開得比平常大聲，但還是間感覺很舒服的懷舊老店。

不過今晚的我根本無暇顧及店內的裝潢，以及有其他什麼客人在。看到他們兩人熱絡地對坐在一起，已讓我整個人當場呆住。

沒錯，這裡也是母親常來的店，會有這種事一點也不奇怪！我拚命假裝平靜，堆起笑臉走上前去。

「啊，好好。新谷先生人真不錯呢。」母親說。

「怎麼你們兩人會坐在一起喝酒呢？」

由於整天站著工作腳很脹痛，所以說話的聲音自然變得很不高興。我沒想到自己這麼的幼稚。尤其備受衝擊的是，看到他們兩人在一起的畫面，我居然當場沒有湧現高興的心情。而是反射性地想到「糟了」，真是奇怪。

「對不起，因為剛好遇到，不知不覺就聊開了。」新谷先生似乎很真心地感到抱歉。

「別這麼說，這種情形本來就有可能發生的呀。」我笑說。

剛好店裡的服務生走過來，我坐進母親身邊時點了常吃的東西：「請給我北狐紅啤酒和美國碗豆莢。」

然後脫去外套。

有時候我會一個人來到這間開到深夜的酒吧，或是跟母親吃完消夜後進來小酌一番，因此算是熟門熟路了。

「很高興能跟新谷先生聊天。」母親說完，一口喝乾了手中的雞尾酒後又說：「那我先回家了，省得打擾你們約會。」

我心想媽這番退場做得真漂亮，嘴裡卻說：「不要啦，待會兒一起回家吧。」

「不，接下來的時間讓給你們年輕人。我還有要看的電視節目。事實上今天下午我請阿服幫忙，把目黑家的大型電視機給搬來了。」母親笑說。

「可是房間這麼小？」我說。「那原來的電視機呢？」

「我把它放在目黑了。」

「媽怎麼可以擅自作主！那是我跟朋友要來的。」

「因為媽的眼睛老花，那麼小的電視看不清楚呀。而且還是舊式的映像管電視機。等妳回家看了再說，就是因為房間小，任何節目看起來都氣勢萬鈞，好像在電影院一樣。」母親笑說。「其實媽還把小的立體音響給帶來了。」

「那房間不是更擠了嗎？還能有睡覺的地方嗎？」我嘴裡這麼說，心中卻有些高興。

母親已開始在享受現在的人生。一點一滴把以前的房間和現在的住處給混在一起，好確認自己的過去。

母親說：「我先回去幫妳把屋子給弄暖和。啊！要不今晚也可以不用回來睡。」

「討厭！」

無視於我的抗議，母親直接跑去埋單，連我的份也結了。然後很愉快地爬上階梯離去。

「大家喜歡去的店常重複，也難怪會遇到她。」我說，這才能鬆一口氣好好地開始喝酒。

「妳母親感覺很棒呀！」新谷先生說。

「別說了，好丟人喲。半夜還喝得這麼醉，媽也真是的。等我回去的時候，房間一定會因為大型電視機和音響，搞得找不到地方躺下睡覺！」我笑說。

「對了，妳媽走了正好，妳看這個！」新谷先生從公事包裡拿出一個用布包著的東西。

我心想這種感覺我知道，而且是最近才剛有過的感覺。

「在妳母親面前，有點不好說。」

「什麼東西？」我問。

新谷先生一打開布包，裡面好像放的是護身符之類的東西。

「又來了？」我忍不住這麼說。

「怎麼說是又來了呢？」

因為新谷先生問起，我說明了婦人帶鹽巴來給我的經過。

新谷先生點點頭，陷入了沉思。

「之前我也提過了吧，有個自殺的人，所以做了消厄避邪的處置。當時父親的朋友請來附近神社的人。因為妳說可能有一天要去茨城，於是我去了那間神社幫妳請來護身符，想說只要帶在身上心情也會有所轉變吧。」

「怎麼連新谷先生也這樣！」我不禁大叫。

「不是的，我沒有要強迫妳要怎麼做的意思。只是想說帶在身上，心情會變輕鬆吧。對不起，明知道這麼做真的很雞婆，卻還是幫妳求來了。」

他說話的方式和語氣跟婦人一模一樣，感覺很不舒服。

「對不起，我不該那麼說的。」我也跟他道歉。「謝謝你。」

新谷先生難為情地臉紅了。雖然光線昏暗，但我可以想見他那可愛的模樣。

那樣的新谷先生讓我又更加喜歡了。

到底是什麼在抑制著我。我自己也搞不清楚。

啤酒的味道就像沉澱在夜的底層一樣苦澀。當我喝到不知道自己人在哪裡、不記得自己做過什麼時，便開始像個孩子一樣很想跟著新谷先生一起回到他的住處。固然父親的存在就像小刺般依然潛藏在各處，但受到母親變化的影響，我的內在也逐漸有了轉變。

也許像這樣繼續跟新谷先生交往下去會變得難分難捨。每天像這樣相處發生許多事，有時吵架有時哭鬧。然後我去了法國又回來，又開始工作，日復一日。甚至我們同居住在一起、結婚生子……話雖這麼說，但未來的事誰都不知道。搞不好一走出店門，我就被車撞死了。也可能到了巴黎遇見某人，談了一場轟轟烈烈的戀愛才回來。又或許新谷先生明天晚上工作時，遇到一個大美人對他窮追猛打，於是他跑來跟我道歉說要分手。所以為了日後不要懊悔，也許凡事應該先做了再說。一定是那樣子沒錯吧！

然而如果像這樣繼續深陷下去，總覺得有種太過單純、莫名其妙的東西會停滯在我內心深處。那跟父親有關係，當我像這樣繼續前進時，似乎會被我視若無睹。一旦像這樣順利地往前進，所有東西都攤在陽光裡，我將過著不愧於任何人的生活，但那些被我視若無睹、必須掩藏起來的黑暗面肯定依然存在。總覺得自己心中隨時都有疙瘩，擔心到時候一定會相互拉扯。

而且我認為那種從底層越變越大的黑暗面，就是導致父親死亡理由的迷你版。

光是明白這一點已讓我筋疲力盡。

同時也有種心情，覺得很麻煩，只想做自己想做的事，如今只想靠在某人身上、緊緊依偎著閉上眼睛。可是那個想要這麼做的正常自己和內在深處的自己之間只隔了一層薄膜。

本能告訴我：帶著薄膜行動，之後肯定會遭到報應。怎麼會那樣呢？但就是會那樣。我不是太過小心，也沒有考慮太多，而是自然而然看得見那層薄膜。

輕輕撫摸新谷先生給我的護身符，心想：或許我還想繼續像這樣子，繼續像這樣應該也沒問題吧。我不願意想到失去，何況新谷先生也還在我身邊。希望他還是能像現在這樣繼續等著我。

雖然我連希望他等待著什麼都不知道。

回到住處，看見破舊的和室裡擺著一台壯觀的液晶電視，彷彿坐在電影院的螢光幕前，母親的臉被照著發亮。

「我回來了。」我說：「好有分量喲，這台電視。」
「什麼嘛，居然回來了。」母親說。
「回來不行嗎？」我問。
「沒有哇，這樣我反而有點高興。因為很想讓妳看看房間變得豪華的樣子。」
母親有話直說。
看到我泡了花草茶，母親說：「妳的男朋友感覺很不錯嘛。」
「嗯，頭腦很好，雖然彼此對音樂的喜好不同，但他的品味不錯，氣質很好，也有搞笑的一面。總之是個好人。對了，他有說自己是新宿一家夜店的店長嗎？」
我說。
「嗯，他有說。好懷念呀。」母親說。
「不管是那裡的味道、吵人的音樂、還是裝在廉價杯子裡難喝得要命的琴通寧，雖然以前都覺得很討厭。甚至也很受不了你爸爸要求自己太太像個有錢人的貴婦，自己則像是年輕男孩陶醉在現場演奏的樂趣當中。換作是現在，穿著這一身服裝去夜店，我也能盡興跳舞。那個時候的我真是年輕呀！年輕又老實。一心以為因為妳爸從事浮誇的職業，自己就得表現得更成熟。」

我靜靜地點頭，然後提出剛才的疑問：「對了，媽在看什麼？」

或許我看過那部電影，但因為時間太過久遠而忘記了。主角是藥師丸博子和松田優作……。

「《偵探物語》呀。之前經過Lady Jane前面時，突然間很想看看松田優作，就買回來看了。這是一部好片子，兩人的演技都不錯。我最喜歡這部電影了，真的很喜歡。唉，為什麼松田優作還活著的時候沒搬到這裡住呢？搞不好半夜走在路上會不期而遇。到時候真不知道我會對他做出什麼舉動哩。」母親說。

「這麼說來，這部片我是小時候跟爸一起去電影院看的。」我說：「因為太小了，根本不知道在演些什麼。」

「沒錯沒錯，妳爸很喜歡松田優作。應該對他也很憧憬吧？」一如父親還在世一樣，母親雲淡風輕地說著。

我覺得似乎這也是一個線索。

看著電影最後一幕的親吻戲，抱著心中的那股溫暖繼續往前進。

知道自己完全不夠格，還只是初生之犢的事實，是在美代姊得了流行性感冒的那天夜裡。

「我好像發燒了，妳最好別靠我太近。」美代姊說：「為了因應最壞的情況，午餐就只供應非洲小米和咖哩。動手準備吧！」

接著她很認真也很痛苦地忙著烹煮，雖然我盡可能在一旁幫忙，但是看到她難受的樣子，只能喟嘆自己還無法獨當一面。

「如果能找到森山先生幫忙。至少明天還能開店。」我說。

「嗯，說的也是。明天的事明天再考慮吧！」美代姊說。

完成準備工作後美代姊回去了。為了明天的午餐一戰，我提早上床，結果隔天還是忙得焦頭爛額。

森山先生因為早有安排，只能在事情結束後盡快在中午前趕回來。在那之前卻是店裡最忙碌的時候，我一個人要面對客滿的狀況。

雖說只提供非洲小米和咖哩，在我開始工作以來卻是頭一遭讓客人等慘了。屋漏偏逢連夜雨，總是在這種時候會遇到客人不斷上門。不是一不小心把客人帶到還沒收拾好的座位上，趕緊拿出抹布擦拭，就是送上盛盤不夠漂亮的餐。因為幾乎快要陷入混亂狀態，只好不停地深呼吸讓心情保持平靜，等到好不容易掌握該以什麼順序上菜時，森山先生才出現。當看到同事戴著眼鏡的圓臉出現時的那一剎那，真不知道有多安心，甚至想上前給他一個擁抱。

聽到我一一哭訴自己出了哪些錯，森山先生安慰我說：只有一個人忙裡忙外，也是沒辦法的事呀。

晚餐也因為有森山先生在，我在外面的看板寫上只提供非洲小米和咖哩，總算能撐得過去。但是比起平常，我覺得盛盤還是做得不夠好。打烊前新谷先生來的時候，我已經處之泰然，已經能夠習慣沒有美代姊的廚房。但還是擔心動作會不會太慢了，畢竟有許多客人是第一次來這裡用餐。

我深深體悟到自己有多麼地依賴美代姊，本想一個人撐住場面，實際上卻很有可能搞得手忙腳亂。

第二天的午餐也勉強過關。

幾乎已沙啞無聲的美代姊來電說沒有辦法準備晚餐，乾脆關店吧。明天也休息一天，後天是假日，可以連休兩天。到時候身體應該就能復元吧。

我有些失望，原來自己連燉菜類的準備工作都不能上手，遇到緊要關頭時也無法開店。但也因為知道自己無法成為美代姊的代理，而將未來的目標縮小為：即便美代姊幾天無法上工自己也能開店的程度。暫且不要一心只想學做菜，先在一旁做好輔助的角色。

由於整天在店裡忙進忙出，打烊時我幾乎已經搖搖欲墜。

為了跟等我的新谷先生一起喝杯慰勞酒，我們走夜路時，冷風吹來，讓人心曠神怡，星星也像碎冰一樣閃閃發亮。因為風很強，空氣變得很乾淨，使得建築物的窗口一個個看起來都好近好清楚。

「還以為自己拚命工作，忙得沒剩下多餘的力氣。結果根本還是個小孩，還有多餘的力氣。」我說：「沒有遇到這種事就搞不清楚狀況，可見我真的很孩子氣。」

「不過餐廳永遠不可能一個人開得成。如果妳以為開得成，就真的很孩子氣。其實好好不過才二十來歲，今後還有機會學會很多事讓自己變得更穩定呀。」

新谷先生又說出讓我高興的話。

新谷先生穿著看起來很昂貴的雙排釦外套。那種毛料的溫暖觸感讓盤起手臂的我感到很安心。

「我還不行啦。」我說。

隨著發燙的臉頰逐漸變冷，心頭也充滿了希望。深深覺得這就是年輕吧。有種一一克服新事物的喜悅。

「妳流鼻水了。」

新谷先生看著我的臉，直接用手套擦去我的鼻水。

「討厭，別那樣啦。」我笑著說。

新谷先生立刻給我深情一吻。在深夜幾乎沒什麼行人的茶澤路上，在昭和信用金庫的門口。

他緊緊抱住我，將我壓在放下的鐵捲門上，盡情地撫摸我。

「我受不了了，晚上睡我那裡吧！」新谷先生說。

「我很累，應該也沒辦法過夜。不過只是去一下的話倒是可以。」我說。

「那就走吧！」新谷先生說完後，舉手招了計程車。

我心想其實也無所謂。畢竟今天很努力工作，明天又是突如其來的休假。

於是我默默地上車，但心情總是受到車窗外的風景等影響，無法好好沉思。

對於他的工作、常去他店裡的粉絲等，我完全都不知道，也無心知道得更清楚，總覺得無所謂。也許我的想法很怪，一直以為他應該會跟能夠一起幫忙經營夜店的人結婚才對。要不然就是因為他的父母已經離婚，使得他也沒有結婚的打算吧。

固然我不是在明知會分手的情況下跟他交往，但分手是痛苦的，我不喜歡。

這時因為聽到新谷先生天真無邪地說：「好想趕快到喲！」

我忍不住噗哧一笑。同時心想：我最喜歡發現他以這種不太誇張的方式展現出內在的趣味性。

新谷先生打開沒有亮燈的房間門後，開啟了玄關的燈。站在已經十分熟悉的玄關脫去外套和鞋子時，新谷先生突然一把抱住了我。

「現在就要了嗎？」我說。

「現在就要。至於要喝茶還是喝酒等之後再說。」新谷先生說：「我等不及了。」

我想他應該是等不及了吧，應該也已經習慣了吧。沒有很粗魯也不會很緊張，他觸摸我的方式很自然。在沙發椅上，在只有玄關燈光和窗外街燈照亮的房間裡，我們有了第一次的做愛。新谷先生和我甚至都沒脫掉衣服。

做過一次之後，距離更加拉近。

三十分鐘後，衣衫不整的新谷先生在深夜為我沖泡奶茶，味道十分好喝。將牛奶放進阿薩姆紅茶裡，慢慢煮到開。然後加入大量的黑糖，那是極其香甜的幸福滋味。接著我們笑說「不是約好要喝酒的嗎」，於是又從冰箱拿出冰涼的啤酒乾杯對飲。

第二次就放慢了速度。兩人都脱掉衣服，裹在毛毯裡進行一場甜美的性愛。新谷先生的技巧高超，讓沒有經驗的我忍不住湧起期待起下一次的心情。

下意識還是會這麼想。

「我和新谷先生應該不會交往很久吧。」

我隱隱約約知道，一旦做過，兩人之間就什麼都沒有了。感覺今後已經沒什麼可做的了。

我感到難以置信的空虛，但不知道新谷先生是否有所查覺。我想他應該查覺到了吧。上過床後，所有的魔法都解除了。

「感覺很棒，下次再做吧！」

我穿上外套，新谷先生一身單薄地送我到馬路上。還幫我招了計程車，目送著我離開。

而我卻淚流不止。

心想為什麼不能愛上他呢？如果可以更喜歡他就好了。計程車沿著夜路滑向下北澤的方向。再見了，我自欺欺人的戀愛！如果不是現在，這應該是可以投入其中的戀情才對，我想。

淚水模糊了夜晚的道路。我想是因為害怕失去，因為想維持現狀，所以才持續這段戀情。因為寂寞，因為沒有新谷先生會感到寂寞，所以才喜歡對方。但那不是愛，那只是一種敷衍的喜歡而已。其實心裡一直都很清楚，卻始終自欺欺人，我想。

因為有些太過急進，讓我不知如何是好。當我寄出「請給我一點時間」的簡訊後，收到新谷先生「請隨時跟我聯絡。我會等著。我還是會跟以前一樣去店裡。

我已經無法想像不能在那裡用餐的人生」的回音。

我就是喜歡他這一點！不禁笑了出來。

我對他有好感，但也僅只於有好感。我覺得暫時還不需要告訴他這一點，卻還是對於他三天來餐館一次感到很高興。他頂多只親吻我或牽牽手，不會有進一步的要求。新谷先生表現出耐心等待的態度，而我的精神狀態絕對不能說是很健康。光是應付店裡的工作已經讓我忙不過來了。所以我很感謝新谷先生能夠查覺這一點沒有深究。

不過我心中隱約知道，他早已經習慣了，習慣這所有的一切。不是因為我，而是他有過太多的經驗，知道女人在這種時候不能硬逼。

那是一種灰暗、懊惱，絕對不能說是高興的心情。

就這樣冬天過了，終於雷里昂在露先館的營業期間走到了盡頭。拆掉大樓的日期也已經確定了。

最後那些日子，忠實的老客人接二連三地湧入，每天都像是在開宴會一樣。真正結束的那一天，我們舉辦了一個小型離別會。母親和新谷先生也來加入。美代姊和森山先生稍微哭了一下，然後大家安靜地收拾善後。也有客人主動跟著一起打掃。最後我們將小窗戶外的茶澤路景色拍成照片，那是讓當時的我和母親決定重生的關鍵。然後將所有窗玻璃擦拭乾淨，將門鎖上直到家具搬出的那一天。

「二月以後，我們在法國見。那就麻煩妳了！」美代姊說完後，身影消失在夜路上。

「一個時代結束了！」母親說。

我、新谷先生和母親一起走到千鶴姊的店小酌。我很高興他們兩人一起對我說「辛苦了」，千鶴姊也加入一起為我舉杯。

新谷先生說今天要回家。我和母親送他到車站後，繼續在路上散步。年關將近的商店街，直到深夜依然熱鬧。

感覺路上行人好像為了做出某種了斷，每個人都顯得行色匆匆。

「妳明天起就空閒了，也該整理一下衣櫃吧。」母親笑說：「算了，還是讓妳好好休息吧。」

「嗯，謝謝。對了，媽！」

才一開口就忘了自己到底想要說什麼。莫名其妙的我只好改問：「妳覺得新谷先生和我怎麼樣？」

母親看了我一眼，然後默默地繼續走著。母親的尖頭長靴起落在地面上發出清脆的聲響。一直走到商店街正中央，來到Sunkus便利商店前，她才回答：「感覺就像是……一起睡過的朋友。對不起，我覺得你們不可能結婚或有更進一步的發展。雖然他是個好孩子。」

「是嗎？」我說，心想果不其然。

同時也認為母親是怕自己的意見會影響我，因此深思熟慮後才那樣回答。我喜歡那樣的母親。

「對不起，妳明明還在戀愛中，媽卻說出這種潑冷水的話。」母親像朋友一樣地誠摯道歉。

「沒關係的，其實我自己也隱約知道。」我說：「所以想說既然這樣，是否該好好處理才對呢。」

「不對，我反而覺得不應該好好處理才對。畢竟說開了只會搞得兩敗俱傷。」母親說。

「媽的說法很有問題，可是意思我聽得懂。」我笑說。

每天想著「反正今天還在營業，到時候再說吧」，繼續過每天的日子，結果真的就到了餐館結束的一天。由於最後幾天生意很好，森山先生每天都來幫忙，我反而比較有空可以享受到忙碌的樂趣。

一旦真的結束後，整個人像洩了氣的皮球。而且毫無來由地想到：要是父親沒有死成，那個女人是否會找到下一個目標呢？這麼一來，那個人等於救了父親一命。反過來說，假如因為父親沒有死成，而讓下一個人成了替死鬼，心情一定會覺得很糟糕吧……。

於是我才逐漸可以體會那個婦人前來找我的意義。

「媽，其實呢……」我開口說：「我有些話想跟妳說。要不要去那間很貴的酒吧喝一杯呢？我請客。」

「好呀！是要我做戀愛診斷嗎？」母親說。

「才不是呢！我是要說上次那個婦人來我們店裡之後的事啦。」我說。

「ＯＫ。」母親說。

她是否已經從我的表情讀出接下來的話題呢？

坐在吧檯，點了每次都會點的今日特調水果雞尾酒後，我將之前的事說給母親聽。包含去見山崎叔的事、從那個婦人和新谷先生手中收下鹽巴和護身符的事，以及我所知道那個女人的所有事。

說出來後才發現沒什麼大不了，原來一直覺得很沉重竟是我自己的問題。母親也擺出一副早已經看開的表情聽著我說話，只是眉頭稍微有些皺起。

我在想年輕時的母親長得應該就像是眼前皺著眉頭的母親吧，充滿了女人味。

「那妳想怎麼做呢？」母親問。「妳想到那個樹林裡，做一場供養或祈福的佛事嗎？就像《陌生的憑弔者》①一樣嗎？」

「媽，這麼新的小說妳也讀過了嗎！」我說。

「因為時間很多嘛，即便有在打工。」母親說。

「嗯……我還沒有想得很明確，只是覺得那麼做應該會比較好吧。」我說。

「對不起，媽得先說清楚。我對那種事一點興趣都沒有。」母親說：「因為也等於順便幫那個女人做了供養，而且我的心情還沒有完全整理好，做那種事感覺像是在騙人一樣。」

「我就知道媽會這麼說，所以才會提出來問看看。」我嘴裡這麼說，淚水已泛

① 天童荒太（1960-）的小說作品。

上眼框。

好奇怪喲，好像變回了小孩子。不過只是被母親否決了一下，居然就哭了起來。

「對不起。不過我想關於這件事，我和好好的想法實在差太遠了。」母親說：「事實上我已經不恨了，包括對那個女人。雖然很不甘心，但丈夫被搶的我自己也太不小心。連命都賠掉的妳爸更是太大意了。可是我實在沒辦法因為這樣就能夠雙手合十祈禱她早日成佛。」

「不，我覺得媽說的很有道理。」我強忍住不停泛流的淚水說。

「站在我的立場，我認為自己應該獨自一人才對。在這個世界上只有好好一個人能夠理解這一點。所以如果好好想要再去一次那個現場，我不會阻止妳。但是呢，我就是不想去。我寧可重視自己的心情，大概這一輩子也都不會去吧。我只要隨時在現在這個時間點，偶爾想起妳爸的好處，回想起美好的往事就夠了。」母親說。

「嗯，我懂。但畢竟我還是個孩子，我並不是說要媽跟我一起去，或是要媽跟我感情融洽地一起合十祈福。既然心情還沒整理清楚，那就保持原狀也沒關係。只是爸經常在夢裡打電話給我，我只是想要讓自己心安而已。」我說。

「嗯，好好想怎麼做就去做吧。媽不會覺得不高興，也不會反對。只是我一點都不想去。我不想做得那麼瀟灑！我反而覺得心中始終抱著強烈恨意的自己還比較健全。」母親說。

「可是呢，媽真的很感謝妳。我當然也知道自己應該要振作。對於那個時候的自己，我沒什麼記憶。只知道眼前一片昏暗地過日子。還有我跑來投靠好好，要求讓我住下來。妳不知道這對我的幫助有大！

妳能理解像這樣被拋棄是什麼樣的感受嗎？以社會一般的眼光來看。當然覺得悲慘，但其實不是那樣。大家都來安慰我：可能妳爸不是真心的、可能是被對方女人給設計了。但其實不是那樣。我真的很嫌棄自己，覺得自己的一切都很污穢、很可恨，甚至希望自己消失算了。每次只要稍微出現一點好事，腦海中就浮現他們兩人甜甜蜜蜜一起死去的模樣。我還曾想像在那之前兩人一起上床、一起飲酒作樂的種種畫面。然後就越來越覺得自己活得毫無價值、毫無意義。」

母親接著說：「只有跟好好在一起的時候，才覺得自己也有意義。覺得自己有生小孩真是太好了。當時我們的婚姻曾經有些走不下去，彼此商量看是要選擇分手還是生小孩？結果決定生小孩。那真是很好的決定！我無法想像沒有好好的人生，好好的平安長大是我最大的願望。這個願望甚至比我自己的人生還重要！

但這不表示說跟這些骯髒汙穢想共存的我，可以配合心思純潔美麗的好好一起去那裡。因為我老是詛咒妳爸去死，而他已經無法死了一次又一次吧。」

我默默地點頭，然後喝了一口雞尾酒。口腔裡瀰漫著新鮮水果的味道，心想活著不過就是這麼一回事。

我不是什麼乖孩子。對於母親跑來跟我住經常覺得有些惱人，對於新谷先生的一再要求燕好也覺得很煩。在店裡就算再怎麼努力工作與打掃，餐館也不會變成我的，再怎麼用心接待客人也得不到任何好處。美代姊也沒有說要跟我結婚保證我的未來。一切都是徒勞，自己老是用負面的眼光看世界，覺得自己吃虧，經常為了別人的事生悶氣，類似以上的心情真是說都說不完。

但是父母一起賦予我的某種東西讓我沒有那麼做。

感覺他們一直在用行動教導我：在愛情中長大的自己是值得驕傲的。

儘管突然死去，儘管明明有家卻硬要跑來跟女兒住，不管遇到什麼事，他們都堅持活出自己。這一點也讓我不被人生打敗。

這時母親一手拿著酒杯，眼光看著遠方突然冒出的一番話，讓我為之一驚。

「說到那個夢，我也有夢見。我在想妳爸應該是想打電話吧？臨死的時候在他腦海中唯一有的就是打電話的念頭。他要聯絡的對象，不是身邊的那個女人，而是我們。所以我想開了，覺得無所謂了。那就這樣子吧，我可以接受這樣子。」

由於一直壓在心裡不敢跟母親說的心情負擔，以及餐館結束營業前那幾天突

① 通常是指小孩長乳齒時的發燒或不明原因的暫時發燒。

然感冒，卻硬撐著不敢倒下的緊繃心情頓時得到解脫，結果那天晚上我發燒了。還以為是俗話所說的「智慧熱①」，所以沒有放在心上，不料溫度突然飆高，三個小時後才完全消退。

只喝冰水並躺在被窩裡。母親幫我調了蜂蜜檸檬水。我渾身發抖地喝下蜂蜜檸檬水。除了刺激的酸味外，也突然在意起老舊榻榻米的汙漬。原來人發燒的時候反而會注意到這種小地方。儘管如此我還是不想回到乾淨的老家住。因為那裡是我們一家三口的家，而那個時期已經結束了。

「哎呀，不好意思，媽還是很迷松田優作的。我會關小聲一點的。」母親說，然後透過大螢幕開始看電影《失憶男》。

年輕時的手塚理美在我發燙的腦海中就像天使一樣美麗。

電視的亮光在昏暗的房間裡不停閃爍，讓我想起了全家人的旅行。就像是在旅館的房間裡一樣，我已經睡了，但父母還躺在榻榻米上看電視。

想到這裡時，大概就是因為有這些的點點滴滴，我才開始正常的流淚。

我沒有大哭，也沒有恨意，也不是因為難過、憎恨或不甘心。是因為驚訝於自己已非小孩、以及對逝去時光的眷戀，淚水泉湧不停泛流。我們彼此都默默地哭泣。因為母親和我都已經很習慣了，雖然她發現到我在哭泣，仍保持沉默。房間裡的我們存在著一種不冷不熱的共識。

發現到這一點的我覺得自己現在很幸福。不同於和臨時男友一起吃烤肉時的高調幸福，那是一種讓自己可以為更深層的東西而陶醉不已的感受。

醒來看了一下時鐘，還以為「啊，遲到了」，仔細再想才憶起餐館已經不在了。到春節假期之前沒事做的感覺很奇妙。感覺有點驚訝，好像身體還想回到店裡去，彷彿自己的某個部分遺落在哪裡似的。

母親已經出門，爐子上做好了一鍋稀飯。想來是因為我發燒之後又哭泣的關係吧。

冬日的天空蔚藍，寒風呼呼作響地吹著。

房間裡的榻榻米在白色光線照射下閃閃發亮。

一邊嘗著稀飯的甜味，一邊從窗戶俯視完全黑暗的餐館，心中百感交集。不同於平常的休假，那裡已不再恢復生氣。再過幾天就會有工人進去，拆除廚房裡的機器設備。能用的東西都已經暫時先送到美代姊的老家寄放。關於法國之旅，美代姊將於一月中旬，我則是二月出發，我們相約在巴黎吃生蠔作為起點。護照已換新，也從老家拿來旅行箱，雖然還有很多事要做，現在的我卻腦筋一片空白。

天空高遠，感覺自己好像風箏一樣想飛多遠就能飛多遠。

我突然起了去茨城看看的念頭。帶著鹽巴和護身符，而且利用明亮的白天去。感覺在這種天氣、在我心情一片空白的情況下應該可以去吧。

我收拾好簡單的行李，留下「燒退了，我去茨城幫爸做供養，應該不會過夜」的字條給可能是去打工的母親，才走出家門。

到了東京車站先買好巴士票，接著到地下街買飯糰和茶水，然後在大約開車前十五分鐘坐在長椅上眺望著圓環、開往不同目的地的巴士和旅客默默趕路的樣子，突然間覺得很難過。毫無來由地便淚流不止，喘不過氣來，不知如何是好。怎麼辦？馬上要搭巴士了，得先讓心情平靜下來才行。越是這麼想，胸口就越覺得難受。一種好像失去所有東西的感覺襲上心頭。

拿出手機想說「還是打電話給媽媽吧」，才發現有我未接電話的訊號。還以為是新谷先生，查看之後竟是山崎叔。當下立刻回撥給他。

「喂！」

一聽到山崎叔的聲音，我便恢復了平靜。

「是您打電話給我嗎？」儘管哭得唏哩嘩啦，還有些鼻音和抽噎，我依然很有禮貌地詢問。

「我是想說關於茨城的事，不知道妳的決定是什麼，所以打來問問。因為今天天氣不錯，應該很適合去茨城。當然也不是非今天不可，我只是臨時想到。」山崎叔的語氣無邪。

「那就今天去吧！」我邊哭邊說：「事實上我現在人在東京車站，馬上要搭巴士去水鄉潮來。可是突然間難過得哭了出來，想要有人陪我去。」

「什麼，現在？還有妳哭了？」山崎叔問：「妳媽呢？」

「她不去。」我說：「我沒辦法說服她，完全被拒絕了。」

說完後又更加覺得難過，乾脆放聲大哭。山崎叔默默聽著我哭。我應該哭了很久吧。大約幾分鐘後山崎叔才用開朗的聲音說：「好吧，我們一起去。反正我今天休假，而且感覺還蠻好玩的。不過好好妳現在要去搭巴士吧？我是開車，那我隨後趕上？」

我心想山崎叔真是厲害！然後老實說：「好，我等你。我想應該在水鄉潮來到鹿嗚之間聯絡得上吧。」

心想已經管不了那麼多了！

「我應該會晚點到吧。」山崎叔說。

「那我會在『三德』泡溫泉等你。」

「知道了，我會把店名輸進導航裡，到了再打電話給妳。」山崎叔說。

我有些發呆地心想他真是有行動力，感覺自己似乎真的要喜歡上山崎叔了。剛才還不知如何是好的心頓時溫熱了起來，帶著明快的心情跳上巴士。

同時也才明白：原來自己是那麼地想要母親陪著一起來。

還以為過了二十歲，凡事都可以自己一個人處理，結果大錯特錯，這才知道自己還有待修練。話又說回來，其實敗北的感覺也不錯。緊繃的情緒一下子鬆開，變得軟趴趴的，有種從地面仰望高處心想又得從頭開始的感覺。

巴士開動，上了高速公路，隨著晃動的車身打起瞌睡後，居然很快就到站了。眼前是一片空曠的平原……上次來的時候幾乎沒能看到的景色，這一次看到了。我看到吹過乾燥高遠的天空的風，也看到閃著金光的草原。原來心情平靜時可以看到的完全不一樣的風景。

在那裡搭上計程車，前往約好的目的地。

進入國道不遠處，蓋有一棟可以觀海的公共溫泉浴池。我像個觀光客一樣將行李鎖進置物櫃，跟著當地的歐巴桑們一起洗澡，然後跳進大型的露天浴池，眺望廣闊的晴空和遠方樹林後面波濤洶湧的大海。好久沒有看到如此壯闊的畫面，心境也跟著開朗了起來。心想還好我來了。

至少我還能自覺比起新谷先生，此時更喜歡山崎叔。而且自覺之後感到心情舒暢。還好我知道自己並沒有喜歡新谷先生到想要結婚的程度。那天晚上已忍不住，可說是新谷先生的最好之處，可惜我卻無法打從心底覺得他可愛。如果他能再多等一陣子，或許情況會有所不同也說不定。

終究我還是無法信任對女人已太過習慣的他。感覺就像是身體逐漸喜歡上他，但我的心卻還在原地踏步一樣。

母親果然很厲害，我曾經納悶她為什麼會看《偵探物語》，而且還不是電視劇，而是電影版。難道電影之中已經透露出答案了嗎？

一個小時後出來，發現手機上有著「我到了，因為聯絡不上，所以先去泡溫泉，到時候大廳見」的簡訊。

當我躺在休息室不小心睡著時，就像等待的家人一樣，剛泡完溫泉的山崎叔走了進來。

「嗨！好好。」山崎叔叫我。

從躺著的姿勢看到山崎叔圓滾滾的大眼睛，我找到了可以安心的場所。一種奇妙的安定感支配著我。我看到一個不需要任何理由、很自然就能走進去的空間。果然沒錯，不是因為我們見過幾次面，不是因為只要有事他就會幫我解決。沒錯，是我已經被他給吸引住了，我想。儘管他已經有個美麗的妻子，儘管我不會將自己的心意表現出來。

我趕緊站了起來。

「不好意思，剛剛沒接到電話。」我說：「還有讓你特別跑一趟，真是對不起。」

「剛洗完澡，好想喝口啤酒，可惜我得開車。」山崎叔笑說：「反正我今天沒事，而且是我高興要來的。」

山崎叔今年幾歲呢？我想了一下，應該是四十五左右吧。雖然比父親小，但因為行事穩健，總以為他的年紀比較大。仔細觀察，皮膚的確還很年輕，可能是因為平常穿的衣服太老氣才讓我產生錯覺吧。

「該怎麼說呢？看到今天這種風的感覺，還有天空的感覺，讓我臨時想到不妨去幫井本掃一下墓，所以才會打電話問好好看看。我本來沒有想要跑這麼遠的，不過這樣也不錯。妳不覺得像這樣充滿光線的日子，應該很適合成佛嗎？」

看著說完這些話的山崎叔很有中年人味道的側臉，我的心情越來越平靜。就是說嘛，的確也是那樣。看到今天的天空，我也是想著同樣的事。

「是呀，我想讓這一切能夠有個了斷。」我說。

我決定不再表現出依賴和拜託的態度，希望能贏得平等的對待。

「否則似乎就無法往前進。那些護身符和鹽巴，只會讓我的背包越來越重。可是媽拒絕了我，讓我比想像中還要難過。所以我很高興你能來。老實說要去那種地方，我怕得渾身發抖。所以真的很謝謝你！」我說。

「好好，感覺最近這一段期間妳好像長大了不少。」山崎叔說。

「那只是因為發生了很多事，讓我明白自己還是個小孩。」我說。

那個女人和父親殉情的地點是在離國道有點遠的樹林中，附近有個村落。簡直就像是沒人住的廢墟一樣……。那個地點所在的木頭棧道腐朽斷裂，建築物的玻璃破碎，大概只有夏天使用的衝浪板放在陽台上沒收的別墅區附近。由於居民不多也沒什麼人過來，那條沒有鋪上柏油的小路，幾乎快被兩旁枝葉茂密的樹林給遮蔽住了。殉情地點就在那條小路的深處。

發現他們兩人（我其實很不想將他們相提並論）的是住在附近的圖畫書作家的妻子。作家夫妻是少數搬來這裡長住的居民，據說是因為小路盡頭長期停有一輛車，所以在帶狗出門散步時特意繞過來看看。

作家太太給人的感覺很好，打從心底同情我們，還曾經沖泡熱茶給神情木然的母親和我喝。之後我們送了點心做為回禮，她還寄來情深意切的謝函。圖畫書作家也在信紙上添加美麗的圖畫。

在那段悲慘的日子裡，關於他們夫妻倆的回憶，就像是一絲亮光溫暖了我和母親的心靈。山崎叔老舊的迷你庫柏（Cooper）也開進了寒風颼颼的樹林中。原本車身就很搖晃了，開在沒有柏油的路上更是搖晃得厲害。開上坡道時，簡直就像是雲霄飛車一樣。

漸漸地我們倆變得沉默不語。

我在帶路的同時，開始感覺呼吸急促、頭昏眼花。心想我真的要去嗎？當然那個地點已看不到父親的車子，所以也不會讓人回想起可怕的畫面。眼前只是覆蓋著枯葉、空無一人的小路盡頭。

真是令人討厭的地方！這裡曾經死過人呀。這裡是父親以不愉快的心情結束一生的地方。這個地方就像是荒涼的黑洞一樣把父親的音樂、精彩的演奏、和我們共處的時間都給吸了進去。

聽到我說「就是這裡」，山崎叔立刻停下車子。

「如果把護身符留在這裡，恐怕會讓居民們感覺很不舒服吧。」下車時我說。

「應該沒什麼關係吧，還是埋起來算了？」山崎叔說。
「那就埋在角落吧。」我說。
不知道為什麼山崎叔從後車廂取出了鐵鍬。居然不是鏟子而是鐵鍬。
「這東西你什麼時候會用到？」我問。
「應該是很久以前我老婆在娘家種球根時有用到吧。」山崎叔笑說。
「你太太好嗎？」我問。
「我們離婚了。兩年前她離家出走。」山崎叔說：「啊，原因可不是出在我的偷吃。我不是說自己沒有偷吃，總之她是個很難搞的女人。我們也想要孩子卻生不出來。結果她有了年輕男朋友後跟我離婚，現在兩人已經結婚，她還成了高齡產婦。」
聽到這些，老實說我有些高興。同時又心想：像山崎叔這種男人，身邊應該已經有女人才對。
「原來是這樣子。」我說：「那麼漂亮的人，其實背後也有很多的問題。不過，真遺憾，媽和我都很喜歡看你們站在一起的樣子。」

「井本也走了，我也離婚了，這幾年真的有太多的變化。好像正常過日子反而顯得很奇怪呀。」山崎叔說。

「我也是，明明還有媽在身邊，卻總覺得好像什麼都失去了一樣。」我說。

「好好凡事都想找出可以解釋的道理。但有很多事情是翻過來翻過去也找不到答案的。不過我想對好好而言，那是妳比較好過日子的方法，我從來都不認為是幼稚或是不好。然而也有一種穿越的方法是靜靜地看著一個不怎麼樣的空間，什麼都不去想。妳媽應該就是那一種人吧！」山崎叔懇切地說。

因為他說的一針見血，我沉默不語。

「好好是看到媽媽那樣，擔心之餘便代替她考慮許多事情的吧？問題是再怎麼親近的人都無法取而代之幫忙對方考慮事情。不過那也是好好可愛的地方，也算是一種好處吧。妳做事一向都很拚命，總是不肯浪費片刻地忙著思考、行動、關心別人。看到妳那麼堅強，我感動得都要哭了。」

「不，如果把我用來煩惱的時間拿去發電，肯定能發出不少的電力！可是關於這件事，我真的什麼都不會呀。我從來沒有這麼煩惱過。」我說。

「不，好好從小就很會幫別人著想。井本和妳媽都是那種做了之後再說的人，會幫他們兩人著想的，總是好好。可是他們兩人卻不當一回事。當時我常想，身為獨生女的妳真是辛苦呀。老是會聽到妳說爸爸、媽媽，那樣子做，明天恐怕會發燒吧？吃得那麼多，待會兒肚子不會難受嗎？」山崎叔說：「也該是妳為自己著想的時候了。」

「謝謝你，山崎叔。」

聽到他這麼說，我由衷感謝他從小對我的關心。

於是我們開始默默地挖洞。想到要將護身符埋在土裡就覺得過意不去，但因為有人死在這裡，相信神明不會見怪吧。不會的，對神明而言，應該任何事都不會見怪，就算是更嚴重的壞事，比方說殉情或是殺人，神明也不會見怪的。心裡這麼一想後，心情便輕鬆許多。

我一邊在心中感謝新谷先生，一邊將他給我的護身符埋進土裡。

接著我又拿出了那樣東西。

父親生前使用過的手機。

好幾次出現在我夢中的手機。

父親那天早上忘了帶手機。在他過世之後，手機都一直放在家裡充電。警方說要調查曾經帶走。裡面當然有許多那個女人的簡訊和通聯紀錄，也有我和母親平常寄給父親的簡訊。如果那天早上沒有忘記帶手機而在某個階段跟我們聯絡，也許我們就能發現情況不對而阻止事件的發生，這樣的心情長期以來一直讓我們很自責。所以當警方用塑膠袋把這支手機送回來的晚上，母親當場就把手機摔在玄關的地板上，還氣得不斷地用腳踩。然後整個人趴倒在地上嚎啕大哭。看到那個場面，我被她激動的情緒給嚇到也淚流不止。母親又哭又叫說：我不想看到裡面的資料，也不想要自己的生活被外人偷窺。

所以這支四分五裂的手機就跟爸一樣完完全全地死了。我收拾好後，一直都留在身邊不捨得丟掉。

我將護身符和手機一起埋進土裡。雖然覺得對父親過意不去，但只要手機還留在身邊就會讓我悲傷不已，因此我想要埋起來。我想值得回憶的東西還有很多，少了這個特別悲傷的東西也無妨。

只要埋進土裡，說不定父親就不會再出現在夢裡找手機了，我也希望能夠那樣。

接下來不知道為什麼，我試著將落葉蓋回去。我用甜蜜而溫柔的心情在心中默念：爸，現在手機的靈魂就要過去你那邊了，你可以盡情地打電話給我們。

山崎叔先是說：「那個不是井本的手機嗎？好懷念呀。怎麼會破壞得這麼嚴重？看起來好嚇人呀！」

接著又笑說：「埋好之後幹嘛還要把落葉蓋回去？又不是在搞作弄人的陷阱。」

因為他的語氣很好笑，也把我給逗笑了。我們的笑聲隨風輕飄消失在樹林之中。

然後我將布袋解開，將鹽巴分給山崎叔，兩人一起撒在各處好消除災厄。

最後雙手合十開始祈禱。

爸的照片也拿到下北澤了，請早日成佛。也許媽還有些生氣，但我想她應該不會真心責怪任何人的。

至於我不認識的女人，也許是美麗的姑姑年輕時的錯誤吧，我不是很清楚，也沒有興趣知道。總之牽來扯去讓我們有如此深重的孽緣。薄命的美人，我對妳不太熟悉，今後也不想知道得更多，今天只是順便在這裡幫妳祈福。但願妳如果有來生，千萬不要再跟男人殉情了。我能理解妳不想一個人死的心情，但是會連累到周遭的其他人呀。讓其他人的人生也跟著轉變。

「心安些了。」

因為聽到山崎叔這麼說，我驚訝地睜開了眼睛。

他不是問我心安些了嗎，而是在說自己心安些了，所以才會讓我大吃一驚。

一如母親沒來是正確的，我其實不應該找他來陪我做這種事。

我想今後會去掃墓，但應該不會再來這裡了。我站起身，對著遠處圖畫書作家亮著燈的房子鞠躬致謝。

希望你們能健康長壽、幸福快樂。也謝謝你們。

「我比較能接受了。以前只要想像當時的情景，腦海中就會浮現警車停在這裡的畫面，心情就會變得很沉重。感覺換上今天的景色後，心情多少會輕鬆些吧。」還以為很平靜地說出這些話，淚水卻不聽指揮奪眶而出。

即將永遠離開這裡之際，卻突然回想起那一天圖畫書作家的妻子送來那杯熱茶的溫度。她面帶微笑，以充滿力量的聲音說「請用」，將茶杯遞給了我。圖畫書作家在她的背後靜靜地看著我們。眼中有看盡人世的深度和夫妻攜手共同走來的歲月。照理說對他們而言，應該也很衝擊，應該也覺得很不舒服才對，可是他們完全不會給人那種感覺，態度沉穩大方地招呼著我們。母親和我都很專心地喝下那杯茶，那是令人永生難忘的滋味。那是讓人很想依靠、無條件不求人心回報的溫柔滋味。

「那就好！」山崎叔說，然後看了一下手錶又說：「都已經四點了呀？沒辦法去大洗水族館了！倒是可以去洗溫泉，但還是算了吧。」

「不，我們去吧！」我說。心跳得很厲害，我知道自己的臉紅了。「然後明天一早去逛市場。」

「妳在說些什麼？好好。」山崎叔說。「那樣我不被井本給殺死才怪！」

「人都死了，不會來殺你的啦。」我說。

「一定會被殺的！」山崎叔笑說。

他的齒列整齊漂亮，我覺得他的笑容很好看。連周遭煞風景的冬日樹林也跟著閃亮了起來。

「什麼都沒有也無所謂。我只想放任自己，做高興做的事。」我說：「因為我現在只能做高興做的事。」

山崎叔默默聽著。我將手插進口袋，望著遙遠的天空說：「如果發生什麼事，我也可以接受。反正我又不屬於任何人，而且我也想見識一下那種男女之間的力量，看看到底是什麼力量害死了爸爸。」

山崎叔眼神銳利地看著我。

沉默了一陣子後開口說：「好好，像我這樣的中年男人，沒有人會不喜歡好好，會覺得好好不可愛，會不想要跟好好上床的。男人就是這樣子。可是我如果對好好做了什麼，從明天起我將會厭惡起自己，而且也無法繼續存活下去。所以妳不要再說那種話！」

我默默地點頭。

淚水不停地流下來，心中卻覺得自己更加喜歡上山崎叔，怎麼會這樣！

「那我可以喜歡你吧？」我問。

「好好，妳現在的狀況還無法好好愛人。不明白這一點或是趁機硬上的男人都是笨蛋！」山崎叔說。

我很想反駁「不，也有人心裡明白卻還是忍不住上了」，但還是保持沉默。

「是的，我想山崎叔說的對。或許我只是想找個依靠。」我說：「因為家裡的男人突然走了，或許就只是那麼單純的理由吧。」

山崎叔大笑說：「真有意思！好好，妳真是會讓人忍不住笑出來。」

「那就去大洗水族館吧！下次去。山崎叔願意帶我去嗎？也可以帶媽一起去嗎？當天往返就行了。我不想只留下這裡的回憶就回去。」我說：「而且爸最喜歡水族館了，我想代替他去。」

「好呀，等天氣暖和了，也找妳媽一起去。不過今天先回去吧！因為還得舉辦除厄的晚宴。現在先開回東京把車子停好。既然是除厄，就用日本清酒乾杯吧，也一起吃個飯。乾脆奢侈一下吃高檔的！」

「請讓我付自己的。」

「那也會讓我被井本打的。」山崎叔露出了笑容。

「反正只要是在一起就會被打，其實也沒什麼差別吧！」我也笑笑說。

我允許自己撒撒嬌，也覺得很滿足。

當然我的心情並沒有因此變得開朗。

不管來過幾次父親遇害的地方，那裡人煙稀少且寂寞荒涼總讓人情緒荒蕪。

父親和那個女人之間依然存在沒有答案的一團謎，我們也還無法猜透父親真正的心意。但至少確定應該不是那麼一回事吧。天空那麼美，空氣很澄淨，我每天繼續過日子，母親也還活著。沒有人的真正心情是一清二楚的，也沒有必要一定要有答案。跟那一天相同的東西早已消逝不留痕跡了。

來到悲傷的場所心情總是會低落，跟父親的好友一起去吃美食多少能變得愉快些，不過就只是如此而已。沒有必要知道父親的心意。畢竟父親還有許多值得喜愛的地方，其他就沒什麼好計較的了。

就算感覺曖昧、心情不好、猶豫不前、煩悶不安、每個人都失去自制力，那也無所謂呀。

沒關係，無所謂，隨便怎樣都好。

在逐漸昏暗的樹林中，當我真正有了這樣的想法時，我才理解母親當時跑來跟我住的心情。我才能真心接受她，不是因為她是母親，而是因為她也是一個平凡人。

突然間我的手中裝滿了認同。感覺好像原本空無一物的手掌心裡有著一堆吸飽陽光的肥沃土壤，其中充滿了答案。

結束祭拜後，突然間覺得肚子好餓，我們像朋友般一邊聊著：做完佛事就是該喝日本酒吧，晚飯吃什麼？一邊回到車上，然後用平靜而明朗的心情開上高速公路。

我的突然告白似乎也解除了某種狀況，讓我可以感受到兩人的心情都變得輕鬆愉快。我們在車上聊了很多，越來越讓我真心想接受他。

或許只是山崎叔的經驗豐富才讓我產生如此錯覺，但我真的以為我們在一起快樂得不得了，說不定我們真的很相配。交談之下我才知道山崎叔受到喜愛美食的前妻影響，變成連小吃也絲毫不肯妥協的人。我們決定到山崎叔家附近一間美味的蕎麥麵店吃晚飯。我們之間的氣氛真的變得讓人興奮莫名。幾乎已經完全忘記才剛去過人死去的場所。彷彿我們一開始就說好：既然要做個了斷，那就用這種了斷的方式。

一路上我們在無傷大雅的範圍內聊著對父親的回憶、母親的性格改變、山崎叔的離婚等話題，有種光明祥和的氣氛包圍著我們兩。

只有在車上的收音機傳來第一次去新谷先生家聽到的音樂時，讓我很想哭。

我甚至心想很快樂！跟新谷先生在一起很快樂！真希望永遠有這樣的錯覺。同時也覺得我們今後不能再見面了。即便是因為過去種種的羈絆造成今日範圍狹小的自以為是，一旦明白自己和誰在一起會幸福，便無法再相見。

或許將來能成為朋友，但要看新谷先生怎麼想。只不過那應該也會是很久很久以後的事吧？想到今後在下班後兩人一起小酌的情形不再，真的覺得很傷心。無法開花結果也有無法開花結果的好處。

不同於那一天聽到的感受，但音樂同樣感人肺腑。歌手用透明柔弱的嗓音低喃著最後再來一次吧！

我過著不後悔的日子。也不後悔和他上床的事。可是我只能繼續進入新的生活。再見了！「雷里昂新谷時代」。就像細砂從手中流逝一樣，當我有所意識時竟已經到了尾聲。

一如我心情轉變的速度，高速公路兩旁的風景也不停往後飛逝。

山崎叔常去的那間店，與其說是蕎麥麵店更像是一間日本料理餐廳。先是高檔小菜一道又一道的上來，最後壓軸才是完美的手工蕎麥麵。我想起了美代姊說過：最近新開了好多這種店，根本來不及吃遍每一家。還以為這種店跟法式小餐館沒有關係，沒想到美代姊竟是經常尋訪與研究美食。我心想「好，明天要告訴她這家店」，卻又猛然醒悟「啊，是哦，明天一樣沒有開店」，不禁很錯愕。

山崎叔將車子開回家裡停時，我在站前大樓的書店裡打發時間。站在新書平台前等待時，只見山崎叔已稍微換過衣服春風滿面地走來。能夠像這樣輕鬆自在，感覺好像我們從很早以前就開始交往一樣。雖然我也知道那是一種錯覺，從明天起我們彼此又將有好長一段日子將見不到面了。

我們坐在蕎麥麵店的包廂裡小酌，品嘗美食。

「照理說是我找你出來的，應該由我請客。可是這裡太貴了，我的能力只能負擔自己的費用。」我老實說出自己的狀況。

「是我提議來這裡的，而且也是我自己愛現，所以今天讓我請吧！因為好好是吃的專家，所以我覺得應該不要選擇拉麵、烤肉之類的，而且我們又是剛從魚蝦那麼好吃的地方回來，因此我擅自決定只有來這裡最適合。那下次讓妳請吧！對了，水族館應該不錯。好想去水族館，我真的很喜歡水族館。」山崎叔說：「我最喜歡那座都是鯊魚的水槽。還有最後那個造型奇特的攀爬架，設計得很棒。光是看到小朋友在上面玩，就讓我很感動，眼淚都快飆出來了。」

「夏天之前我們一定要實現！我也很想去。水族館通常不都是到了傍晚就結束嗎？我們早點去吧。今天謝謝你埋單，下次去水族館一定要讓我請。我們可以盡情地吃鮟鱇魚火鍋。」我說。

像這樣交談時，我突然很欣慰和父親最後的聊天也很愉快。因為聊到下次要去吃什麼美食時，總是讓人覺得很快樂。

最後壓軸的蕎麥麵上來時，因為太過好吃我們默默吸著麵條。無法大聲唏哩呼嚕吸食麵條，也是山崎叔的可愛之處。他在表示「無法大聲吸食麵條讓他有些自卑」後問我：「妳媽知道妳來找我商量的事嗎？」

「知道。所以下次一起去水族館，一點也不會不自然。」我說。

「好好的腦筋總是動得很快。」山崎叔笑說。

「所以說，我一點都不夠成熟。就連現在我也只想撒嬌，希望今天不要結束，因為我不想回家。」我說。

「怎麼又來了。」山崎叔說。

「對不起，我明白。我知道因為山崎叔從小就看著我長大，所以辦不到。人家只是想撒一下嬌而已。」我說：「我會回到我幼稚的世界，可是我們下次還會見面吧！」

我的心情很舒暢，有種想做的事都做了的爽快感。也覺得再也沒有什麼值得害怕和需要丟棄的東西了。

「剛才呢……」

山崎叔將雙腳從餐桌下面類似傳統地爐的空間裡抽出來盤在一起，然後探出身體一邊喝著日本酒一邊說話。臉頰像是塗了腮紅一樣，不是因為話題太過敏感，而是喝了酒的關係。這也是他可愛之處。他比父親年輕，還顯得活力十足的樣子，深深吸引了我。肌膚的光澤不同，手上的皺紋也不同。父親的人生早已歷經滄桑。

「是……。」我點頭等待下文。

「妳不是說想知道妳爸所擁有的力量到底是什麼嗎？那是什麼意思？是指男女之間那種莫名其妙糾纏在一起的東西嗎？」山崎叔說。

「沒錯。如果那種力量能夠讓一切都變好的話，我就覺得可以原諒爸。因為我還不懂。」我說。

「井本生性怯懦……應該說是愛做夢吧，一點也不顧現實……因為胃痛去看醫生，結果發現有顆小腫瘤，跑來找我商量。」山崎叔說：「據說開刀的話還能多活好幾年。因為不是那種擴散快速的細胞，我認為及早動手術的話，也有可能痊癒。我還幫忙找好的醫院。可是那傢伙應該沒有跟妳們說吧？總之在這方面他就跟小孩子一樣。大概是怕說出來一切就會成真吧。」

「慢點……這件事我一點都不知道，好大的衝擊喲！我媽知道嗎？」我說：「得讓她知道才行。」

「嗯。不過現在應該可以告訴她吧。也或許妳媽早就已經知道也說不定。」山崎叔說：「我想那傢伙是因為這件事，才變得凡事都意興闌珊，開始想要逃避。像個小鬼一樣鬧說絕對不去醫院或接受檢查。真是個笨蛋！」

「是因為那個女人的關係才生病的嗎？」我問。

「咦！好好也這麼覺得嗎？我早就覺得是了。理由我也說不清楚，因為我們不是都對那個女人很不熟嗎？從來沒見過，也沒說過話。因此反而更加懷疑。別說是我們，那個送鹽巴給妳的婦人肯定也是一樣，都覺得那個女人身上一定覆蓋著某種巨大的陰影。

就像神話中巨大的黑暗一樣。固然那個女人具有喚起那種東西的力量，但身為人的她，身為一個沒什麼出息的人，相對於那團巨大的陰影也不過只是邊緣的存在。

我們只是透過井本難以理解的死看到了某種巨大、黑暗、不知道底細的東西。事實上人生也是由那種東西所組成的。因為害怕，所以大家才會想要找出一個容易理解的說法吧？」山崎叔說。

「於是認為他們拋開一切糾纏在一起，做了比存活還要精彩的愛，或許只是我們想要接受的說法吧。我已經中年了，會比好好更能理解那種感覺。不過我也認為井本絕對不是單純沉迷於女色。」

我暫時沉默不語。

心裡想著那個愛撒嬌、好面子、有點戀母情結、不願意讓媽看到弱點、在女兒面前始終保持好爸爸形象、擁有奇妙黑暗面的人物。

「爸真是個笨蛋！」我說。

「的確。」山崎叔說。

「這件事讓我嚇到性慾都沒了，還有食慾也是。還好是在吃過好吃的蕎麥麵之後。」我說，心頭有種被揪住的感覺。

「我倒是還好。只是不想再繼續扮演好叔叔的角色，覺得就算變成壞蛋也無所謂。」山崎叔接著說：「我被妳吸引了，男人都是這個樣子。我在這裡扮好人、假裝若無其事故意喝醉了也沒用。還有在好好的頭腦裡面，也許是因為年輕的關係，充滿了太多的想法。我明明知道自己其實不能做什麼，但還是忍不住想要幫妳清空。老實說，我從剛才起就一直很猶豫。」

「男人和女人的差別有那麼大嗎？」我說，對於這突如其來的轉變，只覺得十分驚訝。

「我覺得很不一樣。」山崎叔說。

他沉著的語氣讓我印象深刻。越聽下去，我的心情也跟著鎮定起來。不禁納悶這現象是怎麼回事呢？

私底下聽說送上來的菜色和蕎麥麵價格都很高，可見他今天真的是很大方帶我來吃高檔餐廳。如果我堅持各付各的，恐怕連回家的錢都沒有了。當然我有信用卡也不是不能解決，但我還是決定讓他請客。本來想開玩笑說「那我用身體償還好了」，一想到會糟蹋山崎叔的男性純情，趕緊又吞嚥下去。

走到店外，寒風很強。心想怎麼冬天還沒過呢？

今年從秋天到冬天發生了許多事，感覺時間過得好漫長。自從父親過世後，就被時間不停地追著跑，可是自己跌坐在原地的心卻始終追不上。到了這個階段，突然間現實追了上來，時間反而變慢了。我深深覺得是因為我和想要慢慢過日子的母親一起生活的關係。

閉上眼睛想稍微在寒風中沉思。和母親一起的生活總不可能天長地久，即便是我總有一天也會消逝在這寒風之中。哇！好厲害！死在荒郊野外，就跟爸一模一樣。

總有一天會來的，一種結束的預感包圍著我。

那種感覺一點也不會令人不悅或是覺得淒慘，反而感覺自己逐漸在擴散，感覺父親的葬身之地並不壞，我可以確信不像是我夢中所見遭到那個女人的監視，也沒有那麼封閉。雖然是死在荒郊野外，然後被分解、向外擴散、到處紛飛，但還是可以感覺到父親的主體，感覺很溫柔。

「接下來要做什麼？」山崎叔問：「幾點以前要回去呢？」

我說：「我想午夜以前回去。」

「因為妳媽會擔心吧。」山崎叔說。

我抓著山崎叔壯實的手臂。

「不知道為什麼就是希望你跟我一起去祭拜爸。跟山崎叔在一起的時候，我覺得自己變得好輕鬆。感覺可以完全展現出自己本來的樣子。」

「我那個離家出走的老婆也常這麼說。」山崎叔說。

「那你肯定本來就是那樣的人沒錯！」我笑說。

我心想如果說的更明白點，跟他在一起的時候，我就是個女人。

大型車站前的圓環停了許多公車。幾乎路上行人盡是穿西裝的上班族，大家彷彿都酒酣耳熱過地趕著夜路回家。

「好好，為什麼喜歡我？想跟我做呢？」山崎叔說：「我知道這麼問很愚蠢。事實上也很不上道，但我就是想問。」

我心想任何事情要是沒個道理，他這個人就無法說服自己吧。山崎叔的衣服有一股很香的樹果味道。沒錯，一旦只要他覺得合理，一般認為禁忌的事情……即便是好朋友的女兒，他也來者不拒。就算他和好朋友的妻子認識……也毫不在意。我可以感受到他那種豪爽的個性。

「這段期間我只有跟山崎叔見面的時候，才覺得人生是彩色的。只有和山崎叔說話的時候，我才可以不用顧慮別人做自己。」我說。

我想和他睡，他就是我想上床的人。只要聽到山崎叔的聲音，就會讓我產生活下去的希望。像這樣的說法，我實在說不出口。因為我覺得對於用認真態度找到我的新谷先生太過失禮。

「請原諒我太過孩子氣的說法。可是真的就是那樣。而且我一直都是乖孩子，在這兩年來的時間。我每天安慰媽媽，很認真地去上班打工，該悲傷的時候悲傷，很健康地早睡早起，一味地工作……那是因為爸莫名其妙的死亡過程離我太遙遠，讓我感覺好像被拋棄了。

我不是想跟喜歡的人上床來發洩情緒，也不是想被中年男人高超的技巧給蹂躪，好了解爸的心情，也沒有單相思整天夢見山崎叔。不過只是想在現實的世界時實現所有混雜在一起的心情罷了。」

「好的，我懂了。」山崎叔說。「那就做吧！」

「你怎麼那麼說！」我笑了。

很奇妙地心情居然很平靜。大概是因為有了自信吧，我確信我們超越了社會設定的男女身分，彼此喜歡著對方。

走在路上時，我們都沉默不語。最後開口說的是「到我家，妳會介意嗎」、「不會」。我始終抓著山崎叔的手，好像害怕這場夢會醒來、擔心奇蹟會消逝無蹤。

我寫了簡訊給母親：

「由於去過爸死去的現場心情很沉重，喝完酒後才回去。可能會很晚，請別擔心，因為我並沒有想不開。」

我很清楚母親對我的生活不會干涉太多，所以一點也不擔心會露出馬腳。想到接下來的幾個小時，自己將消失在正常的流程中，感覺心情特別的好。因為我不是一個人、也不是要踏入寂寞的黑暗中。我可以忘記平常的事、責任、過去和關係性等所有的牽絆。

儘管父親的心情比我沉重好幾百倍，我似乎能夠稍微一瞥其中的九牛一毛。說到這種解脱的激動，就像是自己的情感吸收太多恣意飛翔的自由，幾乎快要燃燒掉自己一樣。

山崎叔的家位在一幢造型頗為獨特、漂亮的公寓五樓。一打開門，屋內十分乾淨整齊，猛然有隻灰色皮毛光滑美麗的貓從裡面跑了出來。

「我老婆把貓留在這裡。」山崎叔說。

「或許是為了不讓山崎叔寂寞吧。」我說。

「不是，她曾經帶走過一次。後來因為有了小孩，說是無法養貓又送回來了。也就是說我和貓都被她拋棄了。」山崎叔一邊撫摸著貓說。

說不定以後我也會對他做出過分的行為，當然反之亦有可能。可是現在的我不管是對山崎叔還是對貓都抱有無盡的溫柔情感。

「說怪不怪，正好剛才我們倆都洗過澡了，不如就直接開始吧？」山崎叔說。

我被這句「說怪不怪」給逗笑了。

於是我們兩手牽手走向床鋪。

靜靜躺上去時，山崎叔說：「老實說我覺得很有可能這是第一次也是最後一次。可是我一點都沒有騙人，我是真心的。」

我點點頭，聽到他這麼說不禁悲從中來，流下了淚水。

可是我覺得不一樣。跟父親和那個女人的不一樣。也跟我和新谷先生的不一樣。因為令人意外的是其中沒有我所預想的沉重和迷惘。而是充滿許多確定的東西，充滿了許多可以長此以往的要素。

山崎叔的做愛方式跟新谷先生不同。新谷先生的技巧更好更情色，就生理上而言會讓人感到愉悅與驚喜。

我隱約地察覺這一點。

原來我本能性地知道這一點，所以才會想要跟新谷先生交往看看。

可是我跟新谷先生不可能發展得下去，頂多只能到達感官的愉悅而已。看不到更上一層樓的風景。我雖然僅來到父親死亡之路的入口，但其實已經看得夠多了。

山崎叔像個笨拙的國中生一樣，但因為有過長期的結婚生活，所以還是習慣女性存在的溫柔。我則因為想起了他美得過火的前妻而心痛。隱隱胸口做疼，一點也不覺得舒服，同時也沒有那種類似背叛父親或是放棄為母親當個乖小孩的暢快感。

不過山崎叔的每個動作都讓我覺得很可愛、帶給我顫抖的感覺。

因為我真的知道他已經逐漸喜歡上我，而不只是說說而已。我甚至覺得他能看到我的內在。

新谷先生和山崎叔的外型不一樣，所以讓未曉世事的我完全迷糊了，兩個人我都想要。中年男人的純熟和性愛的契合度、只有性愛的美好……青年人的戀愛、體貼但不甚純熟的性愛……感覺混雜在我心中的要素似乎已擅自幫我將混亂的狀況整理好了。

花了很長的時間後，當山崎叔進入了我的身體時，我感覺起了一個決定性的變化。已經回不去了，我也不想回去，感覺什麼都不願意多想。

我不知道他是否也有同樣的感覺。

因為那是我個人一直很珍重的感覺。

大概是因為長途開車的疲倦吧，我們倆熟睡了一個小時之久。

醒來時，整個世界都變了。感覺好像所有東西都恢復成原有的樣子。不僅愛情的魔法沒有被解除，眼前也變得一片光明。

貓安詳地睡在我的身邊，對面是一直看著我的睡容的山崎叔。

時間是深夜一點半，我該回去了。

我慢慢地起身，開始著裝。儘管不想回去，但是沒辦法。已經到了該解除魔法的時間。

「還以為會自我厭惡得很厲害。」山崎叔一臉很酷地說。

「我是個成人，我自己的事自己能處理。」我說。

「不要說話，好好。我想忘了好好是井本的女兒的這個事實。我只想認為自己是跟年輕可愛的女孩因為想做而做愛。」山崎叔說。

就連他粗糙的膝蓋和長在手指上的毛我都喜歡。

「不可能的，那種事。當你這麼說時就表示已經不可能了。」我一邊撫摸貓一邊微笑說。

在玄關緊緊擁抱我的山崎叔，一直牽著我的手走到大馬路上。

「看來我們暫時不會見面了。」山崎叔說：「真糟糕，不能見面。」

「等春天以後囉。」我說：「從法國回來後，我會跟你聯絡。到時候再以當下的心情告訴我願不願意一起去水族館吧？」

「嗯，我知道，就這麼說定了。」山崎叔說。

「我有一個請求。」我說，淚水應聲滴落下。

到底要哭多少，淚水才會流盡呢？我已經哭膩了，也哭累了，偏偏還是動不動就流淚。

「春天之前，請不要跟任何人在一起。你可以跟別人睡覺，可是不要跟別人一起生活。」

「我知道了。」山崎叔答應後，摸摸我的頭。

像個父親一樣，也像個情人一樣。兩者都是當時的我所沒有的。

午夜的街道空氣清澄。滿滿吸進一大口的冷空氣。有點不捨體內殘存的溫熱被奪走。

搭上計程車，我說了那句彷彿能讓一切事情都變得沒問題的咒語：

「麻煩請開到下北澤！」

那是我的故鄉的名字，那裡有值得我守護的東西，是我要回去的地方。

關上車門，山崎叔在黑暗中對我揮手，然後轉身回到我們確認彼此愛意的那個房間。

心中百感交集無法考慮事情，我在茶澤路上的車站前下車。

雖說是深夜，路上行人依然雜遝。突然間和新谷先生的許多回憶都湧上心頭。看來我並不適合耽溺於情慾之中。那種想要見識情慾盡頭的心情，我想到了父親的年紀應該會更加了解吧。

結果我還是什麼都不知道。父親和那個女人……他們的關係、她的個性、兩人看到了什麼，我什麼都不知道。雖然覺得很悲傷，但我想要那是他們自己的東西，是他們賠上性命所看到的東西。就好像我和母親是父親的寶物一樣，那是父親自己的寶物。

雖然沒有人可以跟他一起持有，但是可以有同樣的心情。

再見了，新谷先生。謝謝你！

一想到這裡心情變得有些低落，還好整個身體裡面都還存有山崎叔的體溫。

我像抱著寶物一樣帶著那些溫暖穿過東屋路來到王將餃子館前面。

王將燈火通明，充滿了生氣與活力，很多人在裡面用餐。透過窗玻璃看到那樣的畫面，心情自然好了起來。

左轉又回到茶澤路上，眼前是以前雷里昂所在的位置。視線前方一片漆黑，但建築物還在。

這裡馬上就要被夷為空地，櫻樹也會被砍掉。曾經將夜路妝點得那麼美麗的生命即將消失了，而我卻什麼也幫不上忙。就算對櫻樹說聲謝謝，也得不到任何回音。就算跟往常一樣溫柔地撫摸樹身，心頭只有即將分離的悲傷不斷湧現。居然明年已看不到花開了！

每天推開的那扇沉重木門也即將與世長辭。我實在無法相信……但令人震驚的是我心中確實留有對那些風景的感觸。那也是只屬於我個人的寶物。也是我跟走在這條街道上的所有人在某些部分共有的寶物。就算我們消失在這個世上，那些感觸也不會消失的。

一如和父親共同度過的各種場面，它們和父親的基因一樣都很明確地留存在我的身體之中。

那些留存在我腦海中、形成身體的細胞裡、眼瞳內的各種光景是不會被奪走的！我內心中吶喊「等著瞧吧！時間」，並握緊了拳頭。

在冷冽的星空下我更加清楚的明白：就算我看起來年輕、悲慘、沒什麼用，也不可能跟這世上的某人共有那些全部，但是我擁有一個跟不同人們共有各種感懷的經驗，也明白了自己唯獨一人的珍貴性。

閉上眼睛，在我心中的櫻樹已枝繁花茂，成串的粉紅色花朵隨風輕輕搖曳。

同時我心中的雷里昂也靜靜地永續經營。

不管發生什麼事都不會消失，放心吧。

我也再度心想：到了春天要繼續在眼瞳印上新的事物。像是巴黎、法國鄉間等美景、美食和美代姊浮現在臉上的決心等。可以的話，還有山崎叔各種新的表情……或許其中包含了相互憎恨、吵架、彼此冷戰等，但現在我一點也不害怕。

也有可能我們不再見面了……那是從法國回來後，未來的我才該思考的問題吧。不到那個時候，誰也不知道結果如何，那個時候的自己能做的只有在那之前做好每一天的自己吧。

不是因為我跟自己喜歡、自己所挑選的男人睡覺，也不是因為祭拜完父親後，心情一下子變輕鬆的關係。

如果問我這段期間做了什麼？我的感覺是什麼都沒做。一切都像是在做夢。可是並非什麼都沒做的事實是讓我感覺很暢快。呼吸困難、走投無路、不知不覺間做了什麼，以上各種情形都發生過，一旦清醒時發現自己坐在沒有任何重擔的地方喘息。我只是覺得那個能讓我喘息的地方真好。

我現在好像是一個人站在孤寂寒冷的夜路上，但是從整個街道看過來卻一點也不孤寂。

不遠處就有千鶴姊的店，正在炒著好吃的小菜吧？理惠姊收拾完茶館，前不久才剛靜靜穿過南口商店家回到家了吧？萬人迷的阿服已經鎖好二手書店，現在應該是在約會吧？開咖啡廳的那對夫妻，今天也是默默綁著頭巾、穿上圍裙，忙著沖泡咖啡、服務客人吧？到了明天美代姊應該會跟我聯繫旅行的事吧？現在這個時間，說不定美雪和阿哲還在收拾店面，然後兩人會你儂我儂地穿過住宅區回家吧？

腦海中還浮現了許多其他住在這一帶工作的朋友笑臉和工作的樣子。我和母親在這個街區認識的人們，今天也會在這裡生活，過著沒什麼大事的一天吧。

這就是所謂的街區。

我可以感受到幾年前完全不認識的人們在這個街區如呼吸般進進出出的生活步調。我不是一個人。我所不認識的各種人們也同樣在這裡進進出出創造了這個街區。

一如富士子女士說的，那些乍看之下混沌雜亂的醜惡景象，在不經意間卻變成有著精彩圖案的美麗風景。

那是人們的慾望、醜態、慘狀、愛、美好、笑容、生活的富裕等在無意識間如藤蔓般纏繞在一起，即便用柴刀一把砍斷、放火燃燒，留存在人們心中的景色和生活在其中的時間是不會被奪走的。那是不會讓任何人碰觸的寶地。

因為我的關係，如今父親也完全屬於那裡。

我是這麼想的。感謝教會我這些事、始終溫柔環抱著我、讓我得以休息的下北澤！不管外觀有什麼改變，但願你能發出強韌的新芽，永遠在此茁壯……。

這是過去許多人都有過的單純願望，我也添上了一筆。

曾經有許多被眼睛看不到的東西給打敗的人們、帶著遺憾離開這裡的人們。在那個躺滿思念遺骸的記憶戰場上，我們如同供上鮮花般地每天留下生活的腳印。

雖然故鄉的街道似乎也差不多，但來到這裡後我才發現：只因為這裡有清風拂過、這裡讓人們產生特別的情感、這裡是人們喜愛的地方。

明明腳上穿著適合成人女性的漂亮鞋子，但是我輕盈的步伐卻好像是穿上小時候父親買給我的那雙我所喜愛的運動鞋。

穿越過這條斑馬線，眼前就是母親等候著我的家。我抬頭看著從母親生活的房間窗戶透露出來的燈光。可以看見那台大型電視在房間裡不斷地閃爍發亮。我雖然已經沒有父親了，但是母親還在。至少今天我還能見到她。今後我們也還能繼續一起生活吧？

馬上就要到家了，媽。我還活在人世的媽，我馬上就會跟妳說聲：我回來了。

一想到這裡，彷彿有顆燦爛的星星掉落在我的心頭，讓我感覺到莫大的幸福。

明明什麼都沒有改變，心中的苦悶也都還沒解決，但我的心中似乎充滿了答案。

藍小說 841

喂！喂！下北澤

作　者—吉本芭娜娜
譯　者—張秋明
編　輯—張瑋庭
校　對—李雅媛
封面插畫—大野舞
封面設計—蕭旭芳
內頁排版—極翔企業有限公司

副總編輯—嘉世強
董 事 長—趙政岷
出 版 者—時報文化出版企業股份有限公司
108019臺北市和平西路三段二四〇號三樓
發行專線—（〇二）二三〇六—六八四二
讀者服務專線—〇八〇〇—二三一—七〇五
（〇二）二三〇四—七一〇三
讀者服務傳真—（〇二）二三〇四—六八五八
郵撥—一九三四四七二四時報文化出版公司
信箱—一〇八九九臺北華江橋郵局第99信箱

時報悅讀網—http://www.readingtimes.com.tw
電子郵件信箱—liter@readingtimes.com.tw
法律顧問—理律法律事務所　陳長文律師、李念祖律師
印　刷—綋億印刷有限公司
初版一刷—二〇一二年一月十三日
二版一刷—二〇二〇年八月七日
二版三刷—二〇二二年十二月七日
定　價—新臺幣三二〇元
（缺頁或破損的書，請寄回更換）

時報文化出版公司成立於一九七五年，
並於一九九九年股票上櫃公開發行，於二〇〇八年脫離中時集團非屬旺中，
以「尊重智慧與創意的文化事業」為信念。

喂！喂！下北澤 / 吉本芭娜娜著；張秋明譯 . – 二版 . – 臺北市：時報文化, 2020.8
面；公分 . –（藍小說；841）
譯自：もしもし下北沢
ISBN 978-957-13-8312-5

861.57　　109010976

ISBN 978-957-13-8312-5
Printed in Taiwan